Sven Gerhardt

Die Heuhaufen-Halunken

Von Sven Gerhardt ist bei cbj außerdem erschienen:

Die Heuhaufen-Halunken:
Volle Faust auf's Hühnerauge (Band 2)

Die Heuhaufen-Halunken:
Gülleduft und Großstadtmief (Band 3)

Die Heuhaufen-Halunken:
Rache ist Süßkram (Band 4)

Mister Marple und die Schnüfflerbande:
Wo steckt Dackel Bruno? (Band 1)

Mister Marple und die Schnüfflerbande:
Die Erdmännchen sind los (Band 2)

Mister Marple und die Schnüfflerbande:
Auf frischer Tat ertapst (Band 3)

Mister Marple und die Schnüfflerbande:
Ein Hamster gibt alles! (Band 4)

Der fabelhafte Herr Blomster:
Ein Schulkiosk voller Geheimnisse (Band 1)

Der fabelhafte Herr Blomster:
Eine Schulübernachtung mit Überraschungen (Band 2)

Der fabelhafte Herr Blomster:
Eine Klassenfahrt voller Abenteuer (Band 3)

Sven Gerhardt

DIE HEUHAUFEN-HALUNKEN

Mit Illustrationen von
Vera Schmidt

cbj

– Für Jesper –

MIX
Papier | Fördert gute Waldnutzung
FSC® C010328

Penguin Random House Verlagsgruppe FSC® N001967

6. Auflage

Innenillustrationen und Cover: Vera Schmidt
Umschlagkonzeption: Sandra Filić / Illustration Pfeil: Freepik.com
AW · Herstellung: AJ
Satz: Uhl + Massopust, Aalen
Reproduktion: ReproLine Mediateam, München
Druck und Bindung: Alföldi, Debrecen
ISBN 978-3-570-17389-3
Printed in Hungary

www.cbj-verlag.de

Inhalt

Kapitel 1

Fährt der Bauer morgens Mist, ändert sich alles, oder es bleibt wie es ist

»Dieses Kaff nervt!«, brüllte Meggy am Morgen des ersten Sommerferientages. Hahn Pavarotti hatte sie aus dem Schlaf gerissen, und kurz darauf brachte der schwere Traktor von Bauer Kunze, der direkt an ihrem Zimmer vorbeirauschte, ihr klappriges Bett zum Beben. Müde und wütend zog sie sich die Decke über den Kopf.

Das Kaff hieß Dümpelwalde und lag inmitten von weiten, saftigen Wiesen und unzähligen Apfelbäumen. Manche nannten Dümpelwalde auch das Ende der Welt, da, wo der Hund begraben liegt oder wo sich Fuchs und Hase gute Nacht sagen. Der ein oder andere an Altersschwäche oder Langeweile gestorbene Hofhund lag in Dümpelwalde auch bestimmt begraben, aber Füchse, die irgendwas zu Hasen sagen, hatte Meggy hier noch nie gesehen. Und das Ende der Welt war ja wohl eher das fünf Kilometer entfernte Nest Sumpflitz. Denn dort hörte die Hauptstraße mitten im Dorf auf und ging in einen vermatschten Trampelpfad über, der in einem Acker endete.

Aber ganz egal, wie die Leute Dümpelwalde nannten, Meggy liebte diesen Ort, auch wenn sie das an diesem ersten Sommerferienmorgen nicht zum Ausdruck bringen konnte. Ihr Wecker zeigte 6:25 Uhr. Das war wirklich sehr früh für einen Ferientag, aber nachdem Pavarotti ein zweites Mal schiefe Töne ins Tal gekräht hatte, war Meggy endgültig wach. Am liebsten hätte sie irgendwas nach draußen auf Pavarotti geworfen, was das Federvieh zum Schweigen gebracht hätte,

doch dafür war sie gerade zu faul. An Weiterschlafen war allerdings auch nicht zu denken, denn Pavarotti krächzte, als wäre er bei »Deutschland sucht den Superhahn«.

Eigentlich hatte Meggy gehofft, dass sie Dümpelwalde in diesen Sommerferien mal für ein paar Wochen verlassen würde. Einfach, um zur Abwechslung mal was anderes zu sehen. Einige Kinder aus ihrer Klasse machten in fernen Ländern Urlaub, doch Meggys Eltern hatten dafür momentan einfach kein Geld übrig.

Meggys Mutter hatte vor Kurzem ihren eigenen Hofladen eröffnet, in dem sie Apfel-Delikatessen verkaufte. Äpfel gab es in Dümpelwalde auch ohne Ende, nur Kunden gab es nicht so viele. Deshalb musste ihr Vater einige Extraschichten einlegen, damit die Familie über die Runden kam. Er war Versicherungsvertreter und daher ständig in den umliegenden Dörfern unterwegs. Ein Bauer aus Sumpflitz hatte bei ihm sogar mal eine Versicherung für seinen Gockel abgeschlossen, weil der mit seinem fürchterlichen Gekrähe Glasscheiben zum Platzen brachte.

Meggy würde später mal einen ganz anderen Beruf wählen als ihre Eltern, das stand fest. Ihr größter Wunsch war es, Gangsterbraut in San Francisco zu werden. Manchmal saß sie mit geschlossenen Augen unter einem der Apfelbäume im Garten und träumte davon, sich in den kurvigen und buckeligen Straßen von San Francisco Ver-

folgungsjagden mit der Polizei zu liefern. Meggy war sich sicher, dass das ihre Bestimmung, ja ihr Schicksal war. Und dass sie das Zeug dazu hatte, war schon seit vielen Jahren klar. Bereits im Kindergarten war sie die Anführerin einer gefürchteten Bande gewesen. Und diese Bande existierte heute noch: die Heuhaufen-Halunken!

Meggy

- richtiger Name: Margarethe
- Alter: 10
- Berufswunsch: Gangsterbraut
- Anführerin und kreativer Kopf der Bande
- Halunken-Spezialität: Pläne schmieden und Aufgaben verteilen

Schorsch (Meggys Bruder)

- richtiger Name: Georg
- Alter: 8
- Berufswunsch: Profiboxer
- ist extrem frech, aber manchmal auch extrem nett
- Halunken-Spezialität: bekommt mit seinen Fäusten jede Tür auf

Knolle*

- richtiger Name: Ben
- Alter: 9
- Berufswunsch: Restaurant-Tester
- ist etwas faul und träge
- Halunken-Spezialität: Gaunereien, die irgendwas mit Essen zu tun haben

* Seinen Spitznamen hat Knolle als kleines Baby bekommen. Damals hatte er nämlich eine Nase, die aussah wie eine Kartoffel. Das Beweisfoto hängt noch bei ihm zu Hause im Wohnzimmer. Mittlerweile sieht seine Nase aber ganz normal aus.

Alfons

- Alter: 10
- Berufswunsch: darüber macht er sich noch keine Gedanken
- ist sehr schlau, aber manchmal etwas dickköpfig
- Halunken-Spezialität: er kann einfach alles besorgen

Lotte (Cousine von Meggy und Schorsch)

- Alter: 5
- Berufswunsch: auf keinen Fall Prinzessin!
- hat es als Nachwuchs-Halunke faustdick hinter den Ohren
- Halunken-Spezialität: wenn sie ihr zuckersüßes Lächeln aufsetzt, kann ihr niemand böse sein

»Na, meine Kleine. Schon so früh wach?«, wunderte sich ihre Mutter, als Meggy total verschlafen in die Küche trottete. »Es sind Sommerferien, da kannst du doch ausschlafen.«

»Sag das mal dem brüllenden Geflügelmonster draußen auf dem Misthaufen«, murmelte sie und setzte sich an den Küchentisch. Es roch nach frischem Kaffee und die Sonne schien freundlich und sanft durchs Fenster. Auf dem Tisch standen unzählige Gläser mit selbst gemachter

Apfelmarmelade. Meggys Mutter war damit beschäftigt, in wunderschöner Schnörkelschrift Etiketten zu beschriften. Diese klebte sie dann auf die Marmeladengläser, um sie später in ihrem Hofladen zu verkaufen.

Meggys Mutter stand immer sehr früh auf, weil sie jeden Tag so unendlich viel zu tun hatte. Selbst in den Ferien. Doch leider lief der Hofladen noch nicht so gut, wie sie sich das zunächst vorgestellt hatte. In Dümpelwalde gab es einfach nicht genügend Kundschaft. Doch Meggys Mutter wollte nicht aufgeben. »Wenn sich in den anderen Dörfern erst mal rumspricht, wie lecker meine Marmeladen und Kuchen sind, rennen mir die Leute schon die Bude ein«, machte sie sich immer wieder selbst Mut. Meggy beobachtete, wie sie die Marmeladengläser vorsichtig in einen schön geschmückten Korb stellte und dabei zufrieden lächelte.

Kurz darauf kam Schorsch gähnend in die Küche geschlichen. Seine Augen waren nur halb geöffnet und er setzte sich wortlos an den Tisch. Meggy und ihre Mutter schauten sich lachend an und sagten gleichzeitig: »Pavarotti!«

Kapitel 2

Kräht der Hahn schon früh am Morgen, muss man Ohrstöpsel besorgen

Es war unglaublich. Am ersten Ferientag saßen die Heuhaufen-Halunken bereits um 8 Uhr morgens in ihrem Hauptquartier in der Scheune von Meggys und Schorschs Eltern.

Dort trafen sie sich bei dem alten stillgelegten Volvo von Meggys Opa, der hinter ein paar Heuhaufen versteckt war. Also der Volvo, nicht der Opa. Der Opa war unter der Erde auf Dümpelwaldes Friedhof versteckt – direkt neben der Oma.

Lotte, die mit ihrer Mama neben der Scheune wohnte, war ebenfalls von Pavarotti aus dem Schlaf gerissen worden. Alfons wurde von Bauer Kunzes Hofhund geweckt, der immer wie wild zu bellen anfing, wenn Pavarotti krähte. Knolle dagegen wachte von heftigen Bauchschmerzen auf. Die hatten wohl mit den zwei Tüten Chips zu tun, die er am Vorabend gegessen hatte. Nach einer Tasse Kakao, einem Brötchen mit Salami und einer großen Portion Rührei mit Speck waren die Schmerzen zwar weg, aber schlafen wollte er dann auch nicht mehr.

»Wenn das jetzt jeden Morgen so geht, brauchen wir nach den Ferien erst mal Urlaub«, stöhnte Alfons. Er rieb sich die Augen und riss den Mund beim Gähnen so weit auf, dass man fast in seinen Hals gucken konnte.

»Jemand muss das Federvieh zum Schweigen bringen«, meinte Schorsch wütend. Er nahm einen Besen und hielt ihn wie ein Gewehr vor sich.

»Au ja – und dann machen wir lecker Chicken Wings«, sagte Knolle, und rieb sich den Bauch.

»Ihr spinnt wohl!«, protestierte Meggy energisch. »Ihr

wisst genau, dass der Hahn ein Erbstück von Opa ist. Benannt nach seinem Lieblingsopernsänger. Wir werden Pavarotti keine Feder krümmen!«

Lotte, die sich Nase bohrend die Diskussion angehört hatte, kam plötzlich die rettende Idee: »Meine Mama hat eine ganze Packung Ohrstöpsel. Die nimmt sie immer, wenn ich schnarche!«

Lotte bewohnte gemeinsam mit ihrer Mutter die Einliegerwohnung neben der Scheune. Weil dort wenig Platz war, schliefen sie in einem Zimmer.

»Bin gleich wieder da!«

Lotte sauste aus der Scheune und kam schon wenige Augenblicke später mit einem kleinen Päckchen mit Ohrstöpseln in der Hand zurück. »Für jeden zwei Stück«, sagte sie und gab den anderen die Packung. Die Stöpsel reichten genau für zehn Ohren und das Problem mit Pavarotti war fürs Erste gelöst.

Allerdings erkannten die Kinder gleich das nächste Problem. Es war nämlich immer noch sehr früh am Morgen und die langen Sommerferien lagen vor ihnen.

»Und was machen wir jetzt?«, brachte es Schorsch auf den Punkt. Er scharrte gelangweilt mit seinen Füßen auf dem dreckigen Scheunenboden.

»Gute Frage«, bestätigte Alfons. »Das Freibad in Bröckelbach haben sie letztes Jahr dichtgemacht und die Busverbindung zum Plörrsee wurde im Frühjahr stillgelegt. Und da keiner von uns in den Urlaub fährt, sitzen wir hier alle die nächsten sechs Wochen fest.« Er schnaubte wie ein alter Mann und ließ sich rückwärts ins Heu plumpsen.

Lotte bohrte weiter in der Nase und Knolle schob sich vorsichtig die Brötchenkrümel, die an seiner Backe klebten, in den Mund.

In der Scheune herrschte nun absolute Stille. Von Sommerferienfreude war nichts zu spüren. Stattdessen drohte die Langeweile die Kinder schon am ersten Ferientag zu übermannen. Dümpelwalde schien seinem Namen wieder einmal alle Ehre zu machen.

In Meggy hingegen stieg nun langsam die Wut auf. Für sie gab es nichts Schlimmeres als Langeweile.

»Das kann nicht euer Ernst sein!«, brüllte sie deshalb

und stampfte auf den Boden, dass es nur so staubte. Vor Schreck schob sich Lotte ihren Finger so weit in die Nase, dass sie heftig niesen musste.

Meggy kam nun richtig in Fahrt. »Wir sind die Heuhaufen-Halunken! Wir werden uns ganz bestimmt nicht langweilen, sondern ein krummes Ding nach dem anderen drehen! Wir werden Dümpelwalde in Atem halten und man wird selbst in Sumpflitz

und Bröckelbach noch Angst vor uns haben!« Meggys Gesicht wurde knallrot, so sehr regte sie sich auf.

»Und jetzt setzt eure müden Hintern in Bewegung und lasst uns an einem Schlachtplan arbeiten. Langeweile ist nur was für Stadtkinder!«

Die Ansprache hatte gesessen. Wenn Meggy wütend wurde, widersprach man ihr am besten nicht. Letztes Jahr hatte es Alfons mal gewagt. Er war mit Meggys Vorschlägen nicht einverstanden gewesen und wäre am liebsten selbst der Anführer der Heuhaufen-Halunken geworden. Doch Meggy hatte ihn damals ordentlich verprügelt, und seitdem war allen klar, dass sie die Nummer eins der Halunken war und wohl auch immer bleiben würde.

Und Alfons wusste, dass Meggy dieses Mal recht hatte. Sommerferien waren einfach nicht zum Langweilen da – ganz egal wo man sich befand.

Die fünf Kinder kletterten in den alten Volvo, dessen hellblauer Lack vom vielen Scheunenstaub schon ganz stumpf geworden war. Immer, wenn sie einen Plan schmiedeten, zogen sie sich in das alte Auto zurück und schlossen die Türen. Meggy nahm auf dem Fahrersitz Platz und Alfons setzte sich auf den Beifahrersitz. Schorsch, Knolle und Lotte machten es sich auf der Rückbank bequem. Dann zog Meggy ihr Notizbuch aus dem klapprigen Handschuhfach, in dem sie immer alle

Halunken-Pläne notierte. Es durfte jedoch niemand außer Meggy einen Blick in das Buch werfen – die Notizen waren absolute Chefsache!

»Ich habe das Gefühl, dass wir für diese Ferien einen ganz besonderen Plan brauchen«, sagte sie verschwörerisch. Dann öffnete sie das Notizbuch und schrieb in großen Buchstaben:

DER GRÖSSTE HALUNKEN-PLAN
ALLER ZEITEN

Die Ideen sprudelten den Halunken förmlich aus den Köpfen, aber sie waren allesamt unbrauchbar. Knolle schlug zum Beispiel vor, dass man aus allen Hühnerställen Dümpelwaldes die Eier klauen könnte, um damit den größten Pfannkuchen der Welt zu backen.

Alfons wollte den Hund von Bauer Kunze entführen und ein stattliches Lösegeld verlangen. Damit könnten die Halunken dann gemeinsam mit ihren Familien in den Urlaub fliegen.

Schorsch machte den Vorschlag, ein illegales Boxturnier zu organisieren, bei dem man Geld wetten konnte. Seit er sich letztes Jahr auf einem Flohmarkt in Sumpflitz ein paar uralte Boxhandschuhe von seinem Taschengeld gekauft hatte, war Boxen für ihn das Allergrößte.

Lotte hatte zunächst keine Idee, meinte dann aber, dass man ja einfach eine Fahrradtour mit Picknick machen könnte. Als die anderen Halunken abfällig die Köpfe schüttelten, fügte sie noch schnell hinzu: »Natürlich mit geklauten Fahrrädern!«

»Alles totale Hühnerkacke!«, schnaufte Meggy und pfefferte ihr Notizbuch auf den Boden.

So wie es aussah, musste sie sich wieder selbst etwas einfallen lassen. Ihre Bandenmitglieder hatten zwar alle ihre Stärken, aber ordentlich nachdenken konnte keiner von ihnen. Wütend klammerte sie sich mit beiden Händen am Lenkrad fest und schaute mit einem grimmigen Gangsterblick durch die dreckige Windschutzscheibe des alten Volvos. Diesen fiesen Gesichtsausdruck hatte sie immer dann, wenn sie besonders angestrengt nachdachte.

Die anderen Halunken waren mucksmäuschenstill und warteten, was nun kommen würde. Das alte Lenkrad knarrte unter Meggys festem Griff.

Dann durchbrach sie die angespannte Stille: »Die Halunken machen Badeurlaub!«

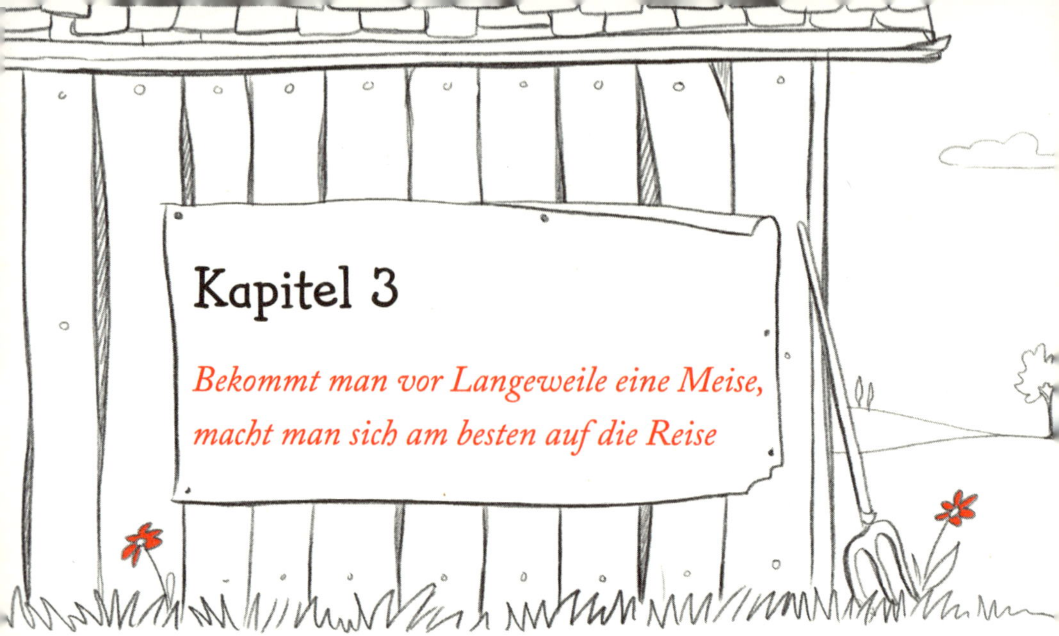

Kapitel 3

Bekommt man vor Langeweile eine Meise, macht man sich am besten auf die Reise

Die Idee mit dem Badeurlaub kam bei Schorsch, Alfons, Knolle und Lotte natürlich prima an, auch wenn sich keiner der vier vorstellen konnte, wie das klappen sollte. Meggy sah ihre fragenden Blicke, hob das Notizbuch auf und erklärte ihren Plan: »Wir werden der drohenden Langeweile in Dümpelwalde entfliehen. Das Ziel unserer Reise ist der Plörrsee. Neben Zelten und ausreichend Verpflegung brauchen wir einen fahrbaren Untersatz, der uns und unser Gepäck zum Badesee bringt. Die

Busverbindung wurde ja bekanntlich stillgelegt und mit Fahrrädern ist die weite Strecke nicht für jeden von uns zu schaffen.« Meggy warf durch den Innenspiegel einen Blick auf Lotte, die gerade damit beschäftigt war, sich ihre Ohrstöpsel in die Nase zu stecken.

»Deshalb lautet mein Plan, unser gutes altes Hauptquartier wieder fahrbereit zu machen!« Meggy klopfte anerkennend auf das Armaturenbrett des alten Volvos, dass der Staub nur so wirbelte.

Die Halunken sahen Meggy mit großen Augen an. Alfons schien ihren Plan als Erster zu verstehen. »Du willst mit dieser alten Karre zum Plörrsee fahren?«, fragte er skeptisch.

Meggys Augen funkelten fest entschlossen. »Genau das will ich!«

»Ganz ohne Eltern?«, fragte Knolle skeptisch.

»Natürlich ohne Eltern«, antwortete Meggy. »Die haben ja keine Zeit!«

»Aber sie werden sich ohne Ende Sorgen machen«, meinte Schorsch.

»Wenn wir immer auf die Sorgen unserer Eltern Rücksicht nehmen wollten, könnten wir so gut wie gar nichts machen!«, entgegnete Meggy. »Aber zu deiner Beruhigung: Wir werden ihnen natürlich einen Zettel schreiben, auf dem steht, dass sie sich keine Sorgen machen müssen!« Damit hatte Meggy alle überzeugt.

Den Vormittag verbrachten die Kinder damit, die Details des Plans zu besprechen. Meggy notierte alles in ihr

Notizbuch und verteilte anschließend die Aufgaben. In den nächsten Tagen würden alle Halunken genug zu tun haben.

Schorsch bekam den Auftrag, die klemmende Kofferraumklappe des Volvos zu öffnen und ihn anschließend zu entrümpeln. In dem riesigen Kofferraum hatten sich mit den Jahren einige Dinge angesammelt: alte Reifen, Zeitungen aus den Fünfzigerjahren, vergammelte Holzbretter, Ölkanister, Kartons mit uraltem Porzellangeschirr und viele andere Dinge, die eigentlich auf den Sperrmüll gehörten.

Knolles Aufgabe war, sich um die Verpflegung für die Reise zu kümmern. Der Urlaub sollte mindestens zwei Wochen lang dauern und deshalb musste eine Menge zum Futtern besorgt werden. Lotte sollte ihm dabei helfen.

Alfons musste Zelte, Wasserkocher, Campinggeschirr und Schlafsäcke organisieren.

Den kniffligsten Teil des Plans würde jedoch Meggy erledigen. Sie musste sich darum kümmern, den alten Volvo wieder zum Laufen zu bringen. Das gute Stück stand immerhin schon seit Jahrzehnten in der Scheune, und niemand wusste, ob das Ding überhaupt noch fuhr.

»Und wer soll die Karre fahren, wenn alles erledigt ist?«, fragte Schorsch.

»Keine Ahnung – das sehen wir, wenn es so weit ist«, stammelte Meggy und bekam dabei ein flaues Gefühl in der Magengegend. Ausgerechnet an die wichtigste Sache hatte sie noch gar nicht gedacht. Deshalb kritzelte sie noch schnell in ihr Notizbuch: »Fahrer besorgen«. Dahinter malte sie einen Smiley mit einem traurigen Mund. Aber Meggy war die Anführerin der Heuhaufen-Halunken – deshalb war sie sich sicher, dass sie auch dieses Problem lösen würde!

»Abfahrt ist Freitagnacht!«, sagte sie abschließend.

Und pünktlich zum Ende der Halunken-Sitzung rief Meggys Mutter »Mittagessen ist fertig« aus dem Küchenfenster.

DER GRÖSSTE HALUNKEN-PLAN
ALLER ZEITEN

Ideen:

- ~~Eier aus Hühnerstall klauen und Riesenpfannkuchen backen~~
- ~~Hund von Bauer Kunze entführen und Lösegeld verlangen~~
- ~~Boxturnier mit Wettbüro~~
- ~~Fahrradtour … mit geklauten Fahrrädern~~

ALLES HÜHNERKACKE!!!

Die Lösung:

Operation Badehose

Phase 1:

Die Reise zum Plörrsee ist beschlossene Sache. Alle Halunken sind dafür!

Abfahrt ist Freitagnacht! Die Stimmung in der Bande ist gut, doch es gibt noch einiges zu tun:

- der ganze alte Kram muss aus dem Auto (übernimmt Schorsch)
- wir brauchen jede Menge leckere Sachen zum Essen (Knolle und Lotte kümmern sich drum)
- unbedingt besorgen: Zelte, Schlafsäcke Geschirr, Wasserkocher (Alfons)
- den alten Volvo zum Laufen bringen … wo ist der Schlüssel? (Meggy)
- wir brauchen Benzin! (Meggy)
- Fahrer besorgen ☹

»Weißt du eigentlich, ob es von Opas altem Auto in der Scheune noch einen Schlüssel gibt?«, fragte Meggy schmatzend.

»Hm, keine Ahnung«, antwortete Meggys Mutter und goss sich frischen Apfelsaft ein. »Vielleicht ist er in der Schatzkiste.«

Die Schatzkiste war eine alte braune Holzbox, in der alle wichtigen Sachen von Meggys verstorbenen Großeltern aufbewahrt wurden. Alte Fotos, Briefe, Reisepässe, Schmuck, Opas Pfeife und eben auch der ein oder andere Schlüssel. Die Kiste war in einer Schublade im Schlafzimmer verstaut und durfte nur von Meggys und Schorschs Mutter geöffnet werden.

»Wieso fragst du eigentlich?«

»Ach, nur so ...«, stammelte Meggy und schob sich schnell eine riesige Portion Kartoffeln in den Mund.

Kauend schaute sie zu Schorsch und lächelte dabei ihr Gaunerlächeln. Sofort war Schorsch klar, dass Meggy zur nächstbesten Gelegenheit einen Blick in die Schatzkiste werfen würde.

Während Meggy und Schorsch gemütlich zu Mittag aßen, lag Alfons auf seinem Bett und dachte nach. Nicht etwa darüber, wie er Zelte und Schlafsäcke organisieren konnte, um seine Aufgabe für den neuen Plan der Heuhaufen-Halunken zu erfüllen. Nein, er dachte darüber nach, was nach den Sommerferien sein würde. Für ihn waren es nämlich die letzten sechs Wochen in Dümpelwalde. Alfons' Vater war lange Zeit arbeitslos gewesen und vor ein paar Tagen hatte er ein Jobangebot in Berlin bekommen. Ein alter Freund hatte ihm diese Arbeitsstelle besorgt. Sein Vater war überglücklich, genauso wie seine Mutter, die schon lange davon träumte, aus Dümpelwalde wegzuziehen. Alfons selbst fand es furchtbar. Er würde seine Freunde verlassen müssen und kein Teil der Heuhaufen-Halunken mehr sein. Und was er fast noch schlimmer fand: Er würde ein Stadtkind werden! Die Heuhaufen-Halunken mochten Stadtkinder grundsätzlich nicht. Meggy sagte immer, dass Stadtkinder Heulsusen waren, die sich nicht ordentlich prügeln konnten und sich von hinten bis vorne von ihren Eltern verwöhnen ließen. Dabei hatte keiner der Halunken jemals wirklich ein Stadtkind kennengelernt. Aber wenn Meggy das sagte, musste es ja wohl stimmen. Und genau deshalb hatte sich Alfons bisher auch noch nicht getraut, den anderen Halunken von seinem Umzug zu erzählen. Er nahm sich fest vor, in den Ferien einfach nicht mehr daran zu denken. Die geplante Fahrt an den Plörrsee würde ihn sicher ablenken. Vielleicht konnte er die Reise mit den Halunken aber auch dazu nutzen, von zu Hause abzuhauen. Nur wo sollte er denn ganz alleine hin? In Alfons Kopf wirbelten die Gedanken wie ein Kreisel durcheinander. Es schien einfach keine Lösung für sein Problem zu geben.

Er spürte, wie eine kleine Träne versuchte, sich aus seinem linken Auge zu drücken.

»Jetzt bloß nicht heulen«, befahl er sich selbst, sprang vom Bett und kramte im Kleiderschrank nach seinem Schlafsack.

Kapitel 4

Will man im Dorf mal shoppen geh'n, muss man nach alten Joghurts seh'n

»Waren des täglichen Bedarfs« stand in einer eigenartig verschnörkelten Schrift über dem Eingang des kleinen Supermarktes von Dümpelwalde.

Dieser Markt war jedoch alles andere als »super«, sondern schon ziemlich in die Jahre gekommen. Der Putz bröckelte von der Fassade, und wollte man die Eingangstür öffnen, musste man sich mit so viel Schwung dagegenstemmen, dass die Scharniere bedenklich quietschten und knarrten. Drinnen flackerten alte Neonröhren an den

Decken hektisch um die Wette und es roch irgendwie muffig.

Als Knolle und Lotte den Laden betraten, störte sie das jedoch nicht, denn sie konzentrierten sich voll und ganz auf ihren Plan. Der Supermarkt hatte nämlich in der Dümpelwalder Ortszeitung damit geworben, dass man fünf Euro bekäme, falls man einen abgelaufenen Artikel in den Regalen finden würde. Die Aktion nannte sich »Alles frisch auf den Tisch«. In Dümpelwalde wusste jedoch jeder, dass Frau Zastermann, die Inhaberin des Ladens, die geizigste Person im ganzen Ort war. Deshalb war sich auch jeder sicher, dass sie peinlichst genau darauf achten würde, keine verdorbene Ware im Regal zu haben.

Knolle jedoch kam auf die geniale Idee, abgelaufene Lebensmittel in den Laden zu schmuggeln. Glücklicherweise hatte er zu Hause in der hintersten Ecke des Kühlschranks noch vier alte Joghurtbecher der Sorte »Pistazie-Holunder« gefunden, die er überhaupt nicht mochte. Diese schmuggelte er nun mit seinem Rucksack in den Supermarkt und stellte sie heimlich ins Kühlregal, während Lotte damit beschäftigt war, Frau Zastermann abzulenken. Und da man Lotte, wenn sie ihr zuckersüßes Lächeln aufsetzte, keinen Wunsch abschlagen konnte, gelang ihr das auch auf Anhieb.

Sie bat Frau Zastermann, ihr das einzige blaue Bonbon aus dem riesigen Süßigkeitenglas zu fischen, das neben der Kasse stand. Natürlich befand sich dieses Exemplar ganz unten, und Frau Zastermann hatte große Mühe, sich mit ihrer dicken Hand durch das Glas zu wühlen. Gerade als sie das Bonbon mit ihren Fingerspitzen erwischte, rief Knolle vom Kühlregal: »Ha!«

»Was, ha?«, fragte Frau Zastermann und zog ihre Hand ruckartig aus dem Glas.

»Vier abgelaufene Joghurts«, posaunte Knolle und hielt die vier Becher wie Trophäen in die Luft.

Vor Schreck ließ Frau Zastermann das Bonbon zurück ins Glas fallen, sodass es wieder ganz nach unten rutschte.

»Das kann gar nicht sein!«, brüllte sie genervt durch den Laden und eilte zum Kühlregal. Schweigend hielt Knolle ihr die Becher hin und Frau Zastermann sah sie

sich prüfend an. Tatsächlich – die Joghurts waren seit zwei Wochen abgelaufen.

»Hmpf!«, grunzte sie nur. Dann warf sie einen strengen Blick auf Knolle und Lotte, die beide so unschuldig wie nur möglich guckten.

»Hier ist doch was faul!«, zischte sie.

»Faul ist hier nur der Joghurt«, erwiderte Knolle und

grinste. Dann tat er so, als würde er angestrengt Kopfrechnen und sagte schließlich: »Vier mal fünf ist zwanzig!«

Frau Zastermann wurde rot vor Wut, aber sie hatte keine andere Wahl – sie musste sich an ihr Werbeversprechen halten.

»Hmpf!«, grunzte sie daher erneut und schlich verärgert in Richtung Kasse. Knolle und Lotte trabten zufrieden hinter ihr her. Frau Zastermann ließ die Kasse aufspringen und überreichte Knolle einen zerknitterten Zwanzig-Euro-Schein.

»Danke«, erwiderte er höflich und schnappte sich einen der Einkaufskörbe, die neben der Eingangstür aufgestapelt standen.

»Und was gibt das jetzt?«, fragte Frau Zastermann und stemmte die Arme in die Hüften.

»Na, einkaufen«, gab Knolle zurück und verschwand mit Lotte zwischen den Regalen.

Nach einer Viertelstunde verließen die beiden mit zwei vollen Einkaufstüten beladen den Supermarkt. Die zwanzig Euro reichten für fünf Tüten Chips, fünf Flaschen

Cola, ein großes Glas Bockwürstchen und zwei Packungen Toastbrot. Es blieben sogar 20 Cent übrig. Mit denen durfte sich Lotte als Belohnung für ihr Ablenkmanöver noch das blaue Bonbon aus dem Süßigkeitenglas kaufen. Frau Zastermann musste also wieder mit ihrer dicken Hand ins Glas greifen und wäre beim Herausfischen des Bonbons fast vor Wut geplatzt.

Draußen auf der Dorfstraße wehte ein frisches Lüftchen und die Sonne strahlte den Kindern freundlich ins Gesicht. Frau Zastermann aber stand noch in der geöffneten Ladentür und blickte ihnen kopfschüttelnd hinterher.

»Alles frisch auf den Tisch! Ein tolles Motto!«, rief Knolle zufrieden und trabte mit Lotte fröhlich nach Hause.

Am nächsten Tag trafen sich die Heuhaufen-Halunken im alten Volvo in der Scheune, um den aktuellen Stand der Planungen zu besprechen.

Die Ohrstöpsel hatten geholfen und keines der Kinder wurde am frühen Morgen von Pavarotti wach gekräht. Nur Knolle sah ziemlich müde aus, trotz der Ohrstöpsel.

Das lag aber eher daran, dass er am Abend noch eine der fünf Colaflaschen aus dem Supermarkt getrunken hatte. Ihm war eingefallen, dass Lotte mit ihren fünf Jahren ja noch gar keine Cola trinken durfte. Daher würde diese Flasche während des Urlaubs ja nicht benötigt werden. Außerdem hatte er nach der Packung Salzstangen, die er beim Comic-Lesen im Bett gefuttert hatte, mächtig Durst bekommen.

Doch er war keineswegs die einzige Person in Dümpelwalde, die in der Nacht kein Auge zubekommen hatte. Lottes Mutter hatte nämlich vergeblich nach ihren Ohrstöpseln gesucht und war so vom zufriedenen Geschnarche ihrer Tochter wachgehalten worden.

»Wie kommt ihr mit euren Aufgaben voran?«, fragte Meggy, die mit Stift und Notizbuch bewaffnet auf dem Fahrersitz des alten Autos saß.

Knolle erzählte von der erfolgreichen Einkaufstour mit Lotte. Meggy war begeistert, fügte aber hinzu, dass die Halunken noch deutlich mehr Proviant benötigen würden. Knolle nickte zustimmend und rülpste dabei, was vermutlich an der Cola in seinem Bauch lag.

Schorsch berichtete, dass er mithilfe seiner Boxhandschuhe die Heckklappe des Volvos aufbekommen hatte und nun mit dem Entrümpeln des Kofferraums beginnen würde.

»Wie lief's bei dir?« Meggy tippte Alfons, der ungewöhnlich still und nachdenklich neben ihr saß, auf die Schulter.

»Was? Wie?«, stammelte er und sah Meggy verwirrt an.

»Wie es bei dir lie-hief!«, wiederholte sie energisch. »Mit den Schlafsäcken und Zelten und so …!«

»Ach so, ja … gut«, antwortete er kurz. »Einen Schlafsack habe ich schon.«

»Fehlen also nur noch vier Schlafsäcke, die Zelte und der ganze andere Campingkram«, entgegnete Meggy genervt.

Sie hatte gehofft, dass Alfons schon weiter vorangekommen wäre. Natürlich bemerkte sie sofort, dass irgendwas mit ihm nicht stimmte. Aber sie behielt es erst mal für sich. Das Wichtigste war jetzt, dass es keine weiteren Verzögerungen bei »Operation Badehose« gab.

Nun war Meggy an der Reihe. »Bei mir gibt es leider ein kleines Problem«, erklärte sie. »Der Schlüssel für unser schönes Auto ist wohl nicht mehr aufzufinden. In der Schatzkiste meiner Großeltern war er nicht, und alle anderen Schlüssel, die ich bei uns zu Hause gefunden habe, passten nicht.«

»Na toll!«, brummte Knolle enttäuscht von der Rückbank. »Dann können wir unsere Reise ja vergessen!« Schmollend verschränkte er die Arme vor seiner Brust. Der Gedanke, dass er die restlichen vier Colaflaschen und die Chips dann ja für sich behalten konnte, stimmte ihn jedoch wieder etwas fröhlicher.

»So leicht geben wir natürlich nicht auf!«, erwiderte Meggy sofort. »Da wird uns schon noch was einfallen. Immerhin konnte ich schon mal etwas Benzin aus Papas Auto abzapfen.« Sie holte einen kleinen verdreckten Kanister hervor, der ziemlich ekelhaft stank.

»Cool, wie hast du das denn geschafft?«, wollte Schorsch wissen, doch Meggy kam nicht dazu, ihm zu antworten. Ein wildfremder Junge lugte nämlich plötzlich über einen der Heuhaufen direkt in das Versteck der Halunken!

Kapitel 5

Verirrt ein Fremder sich aufs Land, ist er entweder verwirrt oder verwandt

Meggy setzte sofort ihren fiesesten Gangsterblick auf und sprang aus dem Auto.

»Wer bist du und was willst du hier?«, fragte sie brummig. Sie klang dabei sehr bedrohlich, fast wie eine echte, erwachsene Gangsterbraut. Kein Wunder, immerhin hatte dieser fremde Junge es gewagt, das geheime Versteck der Heuhaufen-Halunken zu betreten.

»I-i-ich, ich heiße – äh – Marius«, stammelte der Junge erschrocken und wurde dabei rot wie eine überreife Tomate. »Meine – äh – Oma hat gesagt, dass ich euch hier in der Scheune finde.«

»Deine Oma?«, fragte Meggy spöttisch. »Hat dein Großmütterchen dir auch gesagt, dass wir fremde Eindringlinge sofort vermöbeln?«

Nun hüpften auch die anderen Halunken aus dem Auto und versuchten ebenfalls so gefährlich wie möglich auszusehen. Lotte kniff dabei ihre Augen so fest zusammen, dass sie nichts mehr sehen konnte. Sie stolperte über einen Besenstiel und plumpste kopfüber ins Heu.

Meggy warf ihr einen finsteren Blick zu und wandte sich dann wieder an Marius.

»Und woher weiß deine Oma bitte schön, dass wir hier zu finden sind?«, fauchte sie und ballte ihre Fäuste.

Marius schluckte. Als er dann auch noch die Boxhandschuhe an Schorschs Händen sah, veränderte sich seine Gesichtsfarbe schlagartig. Statt dem kräftigen Rot wurde er plötzlich weiß wie ein Betttuch. Seine Schultern sanken nach unten, und man konnte sehen, dass er am liebsten davongerannt wäre.

Er passte aber auch wirklich nicht in dieses staubige Versteck der Heuhaufen-Halunken. Er hatte top gestylte Haare und war von Kopf bis Fuß mit schicken Markenklamotten eingekleidet. Um seinen Hals klemmten riesige Kopfhörer, die mit seinem Smartphone verbunden waren, das in seiner Hosentasche steckte.

»Zisch am besten ab, du Stadtfuzzi!«, grölte Schorsch und hob drohend einen Boxhandschuh.

»Na, na, beruhigt euch mal, Kinder!«

Meggys Mutter stand plötzlich mit einem Tablett mit frischem Apfelsaft hinter Marius, der nun sichtlich erleichtert war.

»Marius ist der Enkel von Oma Hertha. Er verbringt die Sommerferien bei ihr. Und Oma Hertha hat vorgeschlagen, dass Marius ja was mit euch unternehmen kann.«

Meggys Mutter verteilte lächelnd den Apfelsaft. »Ich bin sicher, dass ihr euch prima verstehen werdet.«

Oma Hertha war die gute Seele von Dümpelwalde und die Kinder mochten sie sehr. Sie war die netteste Oma des ganzen Ortes und hatte bei den anderen Dorfbewohnern schon oft ein gutes Wort für die Halunken eingelegt, wenn die mal wieder ein krummes Ding gedreht hatten. Aber dass sie jetzt ihren komischen Enkel mit den Halunken verkuppeln wollte, gefiel Meggy gar nicht.

»Ich kann mich doch auf euch verlassen, oder?«, fragte Meggys Mutter und sah ihre Tochter mit erwartungsvollem Blick an.

Meggy nickte kaum sichtbar und trank dann ihr Apfelsaftglas in einem Zug aus.

»Wo kommst du eigentlich her?«, fragte Alfons unfreundlich, als Meggys Mutter die Scheune verlassen hatte.

»Berlin«, stammelte Marius und traute sich dabei gar nicht, Alfons anzuschauen.

»Dachte ich mir schon«, gab Alfons abfällig zurück. »Ein Großstadtheini, der von seinen Eltern frische Landluft verordnet bekommen hat.«

Er lachte spöttisch, doch gleichzeitig dachte er daran, dass er selbst bald in Berlin wohnen würde. Er sah sich Marius an, wie er da in seinen schicken Klamotten wie ein

Häufchen Elend in der Scheune vor ihm stand. Genau so wollte Alfons nie werden.

Plötzlich stieg eine eigenartige Wut in ihm auf. Er war plötzlich wütend auf seinen Vater, er war wütend auf Berlin und irgendwie war er auch wütend auf diesen Marius, der wie aus dem Nichts in ihrem Geheimversteck aufgetaucht war.

Ärgerlich trat Alfons gegen einen alten Blecheimer, der mit einem lauten Scheppern in der Ecke der Scheune landete. Dann rannte Alfons nach draußen.

Meggy sah ihm verwundert nach, und auch Knolle und Schorsch wussten nicht, was sie davon halten sollten. Lotte hingegen fand den Krach, den der Eimer gemacht hatte, so toll, dass sie selbst auch noch mal feste dagegen trat.

Und Marius nutzte die Gelegenheit, um ebenfalls schnell aus der Scheune zu verschwinden, bevor einer der Halunken wirklich noch auf die Idee kam, ihn zu verprügeln.

Operation Badehose – Phase 2:

Stand der Planung:

- Knolle und Lotte haben eine Menge leckere Sachen besorgt, aber wir brauchen noch mehr!
- Schorsch hat die Kofferraumklappe aufbekommen und fängt mit dem Entrümpeln an.
- Alfons hat erst einen Schlafsack besorgt!
- Keine Ahnung, wo der Schlüssel vom Volvo ist … uaaaah!
- Benzin haben wir genug!

Probleme:

- Alfons ist irgendwie komisch drauf.
- Wie sollen wir das Auto ohne Schlüssel zum Laufen bringen???
- Ein fremder Stadtfuzzi ist im Bandenquartier aufgetaucht!

Am Nachmittag saß Meggy alleine unter einem der Apfelbäume im Garten. Sie musste einfach mal in Ruhe nachdenken und dafür war dieser Platz ideal. Die Sonne blinzelte durch die grünen Blätter der Bäume, Bienen summten um bunte Blüten herum und es roch herrlich nach Sommer.

Meggy liebte diese Jahreszeit und eigentlich liebte sie auch die Sommerferien. Doch in diesem Jahr schien alles irgendwie anders zu sein. Sie fand Alfons' Verhalten ziemlich eigenartig, und mit dem Plan an den Badesee zu fahren, kamen sie irgendwie auch nicht richtig voran. Selbst wenn sie genügend Zelte, Schlafsäcke und Lebensmittel zusammenhätten, würde immer noch der Schlüssel zum alten Volvo fehlen. Und selbst wenn sie den Schlüssel auftreiben könnten, bräuchten sie immer noch einen Fahrer, da ja von den Heuhaufen-Halunken niemand fahren konnte. Aber auch mit Fahrer mussten sie die alte Karre erst einmal zum Laufen bringen, sonst würde der ganze Plan sowieso nicht funktionieren.

Meggy spürte ein eigenartiges Kribbeln im Bauch. Es fühlte sich ein bisschen so an, wie die Aufregung vor einer Klassenarbeit gemischt mit der Ungeduld, irgendetwas unternehmen zu müssen.

Gleichzeitig hatte sie aber das Gefühl, gerade gar nicht zu wissen, was zu tun war, und das beunruhigte sie noch mehr. Immerhin war sie die Anführerin der Heuhaufen-Halunken. Und eigentlich wusste sie doch immer, was zu tun war!

Ein Schatten streifte über das Stück Wiese vor ihr und riss sie aus ihren Gedanken. Er stammte von einem Jungen, der am Gartenzaun entlangtrabte und den Kopf gesenkt hielt. Meggy kniff die Augen zusammen und erkannte, dass es Marius war. Er hatte die Kopfhörer auf und merkte nicht, dass Meggy ihn beobachtete.

Ohne dass sie darüber nachdachte, sprang Meggy auf und rannte zum Zaun. Als Marius sie entdeckte, blieb er erschrocken stehen und nahm seine Kopfhörer ab.

»Was hörst du?«, fragte Meggy, und Marius war sichtlich erleichtert, dass sie ihm nicht schon wieder mit Schlägen drohte.

»So Hip-Hop-Sachen«, murmelte er und wischte gekonnt mit seinen Fingern über das Display seines Smartphones. Er hielt Meggy das Gerät hin, auf dem nun das Bild einer Hip-Hop-Band abgebildet war.

»Kenn ich nicht«, sagte Meggy, und Marius ließ das Smartphone wieder in seiner Hosentasche verschwinden.

»Warum bist du eigentlich hier in Dümpelwalde? Doch nicht wirklich zum Urlaub machen, oder?«

»Ich soll hier die Ferien verbringen«, antwortete Marius. »Meine Eltern haben keine Zeit für Urlaub, und da haben sie mich halt zu meiner Oma geschickt.«

Er sah davon nicht besonders begeistert aus und Meggy konnte ihn verstehen. Ihr ging es ja ganz ähnlich. Und bei der Vorstellung, dass Marius hier im Dorf außer seiner Oma niemanden kannte, bekam sie fast etwas Mitleid mit ihm. Und das, obwohl er ein Stadtkind war. Aber Marius schien eigentlich ganz in Ordnung zu sein. Abgesehen von seinen coolen Klamotten und dem ganzen Elektronikkram war er vermutlich ein ganz normaler Junge. Und seine Augen sahen freundlich aus. Meggy wusste, dass man an den Augen eines Menschen viel erkennen kann. Und für Gangster ist es besonders wichtig, sein Gegenüber schnell einschätzen zu können. Freund oder Feind – darum ging es ja immer. Und wie ein Feind sah Marius eigentlich nicht aus. Außerdem war er der Enkel der freundlichsten Oma des Dorfes.

Meggy war es plötzlich unangenehm, dass die Halunken ihm gegenüber am Vormittag in der Scheune so unfreundlich gewesen waren. Was sollte Oma Hertha nur von ihnen halten.

»Tut mir leid wegen heute Morgen«, sagte sie schließlich.

»Schon o.k.«, gab Marius verlegen zurück und wurde wieder etwas rot dabei. Für einen kurzen Moment standen sich die beiden schweigend am Zaun gegenüber. In der Ferne drehte Bauer Kunze ein paar Runden mit seinem knatterigen Traktor und ein paar Höfe weiter wieherte ein Pferd. So klang das Leben in Dümpelwalde. So war es Meggy gewohnt. Alles war wie immer – bis auf diesen fremden Jungen aus Berlin, der vor ihr stand und sie mit seinen freundlichen Augen anblickte. Und ohne dass Meggy darüber nachdachte, plumpste ihr plötzlich eine Frage aus dem Mund, die die nächsten Wochen verändern würde: »Hast du schon mal ein krummes Ding gedreht?«

Kapitel 6

Kannst du krumme Dinger dreh'n, bist du hier hoch angesehn

»Marius soll ein Heuhaufen-Halunke werden?«, fragte Schorsch empört und schaute Meggy mit großen Augen an. Die beiden saßen auf der Bank vorm Haus und die Katze der Nachbarn streifte ihnen um die Beine.

»Vielleicht, aber natürlich nur aushilfsweise«, erwiderte sie und stopfte sich eine der Kirschen in den Mund, die sie zuvor im Garten gepflückt hatte.

Meggy erzählte Schorsch von ihrem Gespräch mit Marius am Nachmittag. Auf die Frage, ob er schon mal ein

krummes Ding gedreht hat, hatte er zuerst nicht geantwortet und war wieder knallrot geworden. Doch dann berichtete er von Halunkenstücken, von denen Meggy nur träumen konnte. Wenn alles stimmte, was Marius ihr erzählt hatte, dann musste er in seinem Stadtviertel in Berlin ein berüchtigter Kleingangster sein. Die Markenklamotten, das teure Smartphone, die Kopfhörer – das waren alles Dinge, die er seinen Berichten nach geklaut hatte. Außerdem war er Mitglied einer Bande, die sich die »Streeters« nannte, und die in ganz Berlin gefürchtet war.

»Und du glaubst ihm das alles?«, fragte Schorsch skeptisch.

»Klar!«, gab Meggy zurück und spuckte einen Kirschkern gekonnt in die Regentonne, die neben der Bank stand.

»Und das Beste kommt noch!«, fuhr sie flüsternd fort. »Als ich ihm von unserem Plan erzählt habe …«

»Was??? Du hast ihm von unserem Plan erzählt?«, unterbrach Schorsch seine Schwester empört und wäre dabei beinahe von der Bank gefallen.

»Psst!«, beruhigte ihn Meggy. »Hör mir doch erst mal zu!«

Sie rutschte näher an Schorsch heran und sprach nun noch leiser und geheimnisvoller.

»Als ich ihm erzählt habe, dass wir für den alten Volvo keinen Schlüssel haben, sagte er, dass er vor ein paar Wochen bei einem Autodiebstahl mit dabei war und er daher weiß, wie man Autos ohne Schlüssel zum Laufen bringt!«

»Im Ernst?«, fragte Schorsch beeindruckt.

»Im Ernst!«, bestätigte Meggy nickend. »Morgen früh wird euch Marius bei unserer nächsten Halunken-Besprechung alles selbst erzählen.«

Am nächsten Morgen war der Himmel bedeckt und es sah ein bisschen nach Regen aus. Eine Gartenrotschwanz-Familie ließ sich davon aber nicht die Laune verderben und flatterte vergnügt über den Hof. Die Nachbarskatze beobachtete das Ganze und leckte sich hungrig die Pfoten.

»Lass die Piepmätze in Ruhe«, befahl Meggy, bevor sie in der Scheune verschwand, wo die anderen schon in ihrem Versteck hinter den Heuhaufen auf sie warteten. Wie besprochen, war auch Marius da. Er saß ziemlich nervös auf einem Heuballen und kaute an seinen Fingernägeln. Alfons, Knolle und Lotte waren über seine Anwesenheit mehr als verwundert. Wie konnte es dieser

Stadtfuzzi erneut wagen, in ihrem Versteck aufzukreuzen? Bevor sie ihm jedoch wieder Schläge androhen oder ihn beschimpfen konnten, erklärte Meggy, warum sie Marius zu ihrem Treffen eingeladen hatte.

Und dann begann Marius von seinen Gaunereien in Berlin zu berichten. Er erzählte von Einbrüchen in Elektrogeschäfte, von Diebstählen in Klamottenläden, von Schlägereien seiner »Streeters« mit anderen Banden und natürlich vom Autoklau. Je mehr er redete, umso fester wurde seine Stimme und auch seine Aufregung verschwand.

Schorsch, Knolle und Lotte hörten ihm mit offenen Mündern zu. Sie waren wirklich beeindruckt. Alfons dagegen überhaupt nicht. Als Marius endlich fertig war, baute sich Alfons mit strengem Blick und verschränkten Armen vor ihm auf.

»So ein unglaublicher Quatsch! Ich glaub dir kein Wort«, brummte er. »Kein einziges Wort.«

Marius sah hilfesuchend zu Meggy rüber.

»Den ganzen Elektroschnickschnack und deine Klamotten – das hat dir bestimmt alles dein Schnösel-Papi gekauft!«, fuhr Alfons fort.

Schorsch, Knolle und Lotte sahen Marius nun erwartungsvoll an. Seine Aufregung kehrte zurück, und er spürte, wie sich kleine Schweißperlen auf seiner Stirn sammelten.

»N-nein, mein Vater ist ein ... ein ... ein einfacher Bauarbeiter. Der kann mir so was gar nicht kaufen«, verteidigte er sich stotternd.

»Ach ja«, wetterte Alfons weiter. »Und warum sollen wir dir das glauben? Vielleicht ist er ja auch Millionär und du bist einfach nur ein total bescheuerter Märchenerzähler!«

In Meggy begann es zu brodeln und ihr Blick verfinsterte sich.

»Was ist eigentlich dein Problem?«, fauchte sie Alfons an und schlug wütend mit der Faust auf die Motorhaube des alten Volvos. Marius, Schorsch und Knolle zuckten erschrocken zusammen und Lotte hielt sich ängstlich die Ohren zu.

»Du schaffst es nicht, deine Aufgaben für unseren Plan zu erfüllen und stänkerst stattdessen ständig nur rum!«, fuhr Meggy fort. Dann packte sie Alfons am Arm und zerrte ihn aus der Scheune. Die anderen ließen sie ratlos zurück.

Meggy schubste Alfons unsanft an die Scheunenmauer und blickte ihn ernst an. Dann atmete sie tief ein und wurde plötzlich ganz ruhig.

»Ich weiß nicht, was mit dir los ist, aber ich werde in

diesem Sommer an den Plörrsee fahren. Koste es, was es wolle. Und ich erwarte von allen Heuhaufen-Halunken, dass sie mit aller Kraft helfen, diesen Plan umzusetzen.« Meggys Stimme war fest und bestimmt. »Du hast die Wahl: Entweder hältst du die Klappe und packst mit an oder du kannst dir eine andere Bande suchen!«

Alfons schaute bedrückt zu Boden. Er wusste, dass Meggy recht hatte. Und er wusste, dass er ihr eigentlich von seinem Umzug erzählen müsste, damit sie ihn verstand. Aber er konnte es ihr einfach nicht sagen. Noch nicht.

»In Ordnung«, stammelte er deshalb mit zittriger Stimme. »Ich bin dabei.«

Operation Badehose – Phase 3:

Wir haben ein neues Bandenmitglied: Marius!
Er ist unsere Rettung, denn er kann Autos knacken! Außerdem hat er schon viele krumme Dinger in Berlin gedreht.
Allerdings macht Alfons momentan mächtig Probleme.
Er kommt mit seinen Aufgaben nicht voran und vermiest die Stimmung!
Aber egal – weitermachen und durchhalten!

Wichtig:

- Alfons im Auge behalten!

Marius trabte am Nachmittag erleichtert zu Oma Herthas Haus. Die Heuhaufen-Halunken waren einverstanden gewesen, dass er bei ihrem Plan mit anpacken würde. Meggy hatte ihm alle Einzelheiten erklärt, und sie hatten schon gemeinsam überlegt, wie es weitergehen würde. Dank seiner Gaunergeschichten hatten ihn die anderen Halunken nun akzeptiert, bis auf Alfons. Marius befürchtete, dass er ihm immer noch nicht recht glaubte, aber Schorsch, Knolle und Lotte waren auf seiner Seite.

Und Meggy war eine tolle Anführerin. Sie hatte ihre Truppe voll im Griff, und wie sie Alfons am Morgen die Meinung gesagt hatte, war wirklich beeindruckend.

Marius hatte auch überhaupt nichts dagegen, ein paar Tage an den Plörrsee zu fahren. Bei Oma Hertha fiel ihm schon nach wenigen Tagen die Decke auf den Kopf und Dümpelwalde schien außer den Halunken nicht viel zu bieten.

Als Marius' Vater ihm erst vor ein paar Tagen gesagt hatte, dass er die Ferien bei seiner Oma verbringen müsse, war er fast ausgerastet. Wie konnten ihm seine Eltern das nur antun? Ursprünglich hatten sie ihm versprochen, gemeinsam drei Wochen nach Teneriffa zu fliegen und dann das. Aber nun, da er sich mit den Heuhaufen-Halunken angefreundet hatte und ein paar Badetage in Sicht waren, schien ja vielleicht doch noch alles gut zu werden. Allerdings gab es ein riesiges Problem, das ihm erst jetzt so richtig bewusst wurde und ihm ziemliche Magenschmerzen bereitete: Marius hatte noch nie ein krummes Ding gedreht. Die »Streeters« waren genauso erstunken und erlogen wie die Einbrüche, die Klamottendiebstähle und der Autoklau. Und Marius wusste, dass das auf keinen Fall rauskommen durfte, sonst würde Meggy ohne Zweifel Hackfleisch aus ihm machen. Und was noch schlimmer wäre: Sie würde denken, dass er einfach nur ein Angeber war, der nichts auf dem Kasten hatte.

Aber er hatte keine andere Wahl gehabt. Die ganzen Sommerferien über der Außenseiter zu sein, kam nicht infrage. Er musste die Sache nun durchziehen. Und nach den Ferien würde er zurück nach Berlin fahren und die Halunken würden nie erfahren, dass er in Wirklichkeit ein stinknormaler, harmloser Junge war. Ein paar Dorfkinder an der Nase herumzuführen, das konnte ja nicht so schwer sein.

Bei Oma Hertha angekommen, ließ er sich in ihre Hollywood-Schaukel im Garten plumpsen und holte sofort sein Smartphone aus der Tasche. Er musste unbedingt im Internet herausfinden, wie man Autos ohne Schlüssel zum Fahren bringen konnte …

Kapitel 7

Damit man was Tolles ernten kann, packen alle kräftig mit an

Die Heuhaufen-Halunken machten sich wieder an die Arbeit. Schorsch hatte mit dem Entrümpeln des alten Volvos mehr zu tun, als er zunächst dachte. Der Kofferraum war wirklich sehr geräumig. Und es gab so viele spannende Dinge zu entdecken, dass Schorsch das Arbeiten manchmal ganz vergaß.

Besonders spannend fand er die alten Zeitungen aus den Fünfzigerjahren, vor allem den Sportteil. Denn in den 50ern schien Dümpelwalde eine Hochburg des Boxsports gewesen zu sein. An so gut wie jedem Wochenende fanden Boxkämpfe in einer Turnhalle statt, die mittlerweile das Dorfgemeinschaftshaus von Dümpelwalde war. Ein Typ namens Kuno Hammerstein war in fast jeder Zeitungsausgabe zu sehen. Er war Boxer in der Schwergewichtsklasse und sah aus wie eine Mischung aus einem Bullterrier und Arnold Schwarzenegger. Kuno Hammerstein hatte damals fast jeden Kampf gewonnen und galt sogar als Favorit auf den Weltmeistertitel!

Schorsch war beeindruckt. Ein Mann aus Dümpelwalde hatte es zu Weltruhm gebracht. Bisher hatte er geglaubt, dass man als einfacher Junge aus einem kleinen Kaff nicht weit im Leben kommen würde. Er hatte zwar selbst oft von einer Boxerkarriere geträumt, geglaubt hatte er daran jedoch nie so wirklich. Doch nun machte sich ein unglaublich schönes Kribbeln in seinem Bauch breit und Schorsch war sich sicher: Er würde in die Fußstapfen von Kuno Hammerstein treten!

Sorgfältig trennte er alle Boxberichte aus den Zeitungen heraus. Mit einem zufriedenen und verträumten Lächeln wuchtete er anschließend die schweren Reifen aus dem Kofferraum und stapelte all den anderen Krimskrams neben einem der Heuballen. Die Frage war nun aber, wohin mit den Sachen. Er konnte den ganzen Plunder ja nicht einfach in der Scheune stehen lassen. Seine Eltern würden das sofort bemerken und unangenehme Fragen stellen.

Schließlich fand er eine Lösung für sein Problem: Die vergammelten Bretter ließ er im Komposthaufen verschwinden und die alten Ölkanister versenkte er in der Regentonne. Die Reste der alten Zeitungen stopfte er in die Mülltonne und die alte Reifen entsorgte er fachgerecht hinter dem großen Stall von Bauer Kunze. Da lagen sowieso schon eine Menge alter Reifen herum, sodass das gar nicht weiter auffiel. Für die Kisten mit dem alten Porzellan fand er jedoch auf die Schnelle kein geeignetes Versteck und so blieben sie erst mal hinter einem Haufen Heu im Quartier der Halunken.

Nach getaner Arbeit machte er sich auf den Weg zum Dorfgemeinschaftshaus. Vielleicht ließ sich dort ja noch etwas über Kuno Hammerstein herausfinden.

Auch Alfons machte sich an die Arbeit. Jeden Gedanken an Marius und seine Gaunergeschichten schob er schnell beiseite. Vielmehr dachte er an Meggy und die anderen Halunken. Die Fahrt an den See würde die letzte große Sache sein, die er mit den Heuhaufen-Halunken erleben würde. Und das wollte er wirklich nicht vermasseln.

Außerdem hatte er ja noch eine Menge zu erledigen. Die Schlafsäcke stellten dabei kein Problem dar. Er hatte seinen eigenen, Meggy und Schorsch ebenfalls, und für Lotte hatte er den Schlafsack seines Vaters organisiert. Der war zwar mindestens einen Meter zu lang, aber das machte ja nichts. Lotte wollte ohnehin eine ganze Armee Stofftiere mitnehmen, und die konnte sie ja dann einfach unten in den Sack stopfen. Und Knolle wollte seine eigene Bettdecke und sein Kopfkissen mitnehmen. In Schlafsäcken konnte er nämlich nicht schlafen. Er sagte, dass er nachts so oft pupsen musste, und da hatte er Angst, dass er in einem Schlafsack vielleicht am Gestank ersticken könnte. Fehlten also nur noch die Zelte und das Campinggeschirr.

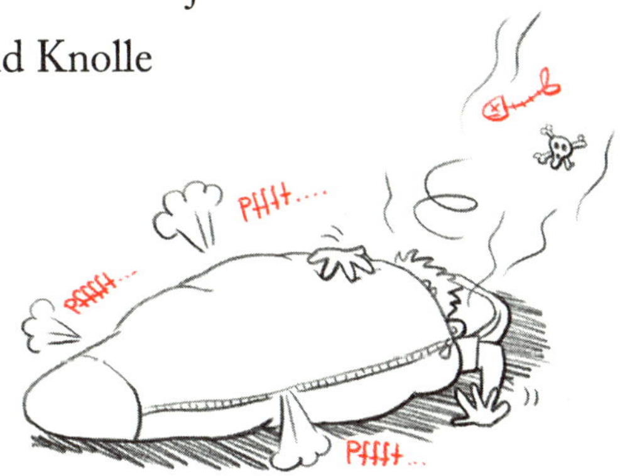

Alfons konnte sich erinnern, dass die Freiwillige Feuerwehr Dümpelwalde ein großes Zelt besaß. Darin stellten sie auf den Feuerwehrfesten immer die Gulasch-Kanone unter, falls es mal regnete. Und da Alfons' Vater Mitglied der freiwilligen Feuerwehr war, hatte er auch einen Schlüssel zum Geräteschuppen. In diesem wurden, neben ein paar löchrigen Schläuchen und dem verrosteten alten

Feuerwehrauto, auch die Gulasch-Kanone und das Zelt aufbewahrt.

Alfons schnappte sich den Schlüssel, der wie immer am Schlüsselbrett im Flur hing und holte in aller Seelenruhe das Zelt aus dem Geräteschuppen der Feuerwehr. Das störte auch niemanden, denn tagsüber war auf den Straßen von Dümpelwalde so gut wie nichts los. Außer ein paar alten Leuten, die schwer hörten und schlecht sahen, war alles wie leer gefegt.

Alfons deponierte das Zelt im Kofferraum des Volvos, den Schorsch ja inzwischen ausgeräumt hatte. Beim Einladen stieß Alfons mit den Zeltstangen zufällig gegen die Kisten mit dem Porzellan, die im Heu versteckt waren. Neugierig öffnete er sie und entdeckte einen Haufen Tassen, Untertassen und Teller. Alles war mit Goldrand und einem bunten Apfelmuster verziert.

»Na, wenn das mal kein ideales Campinggeschirr ist!«, jubelte er, und hob die Kisten zurück ins Auto.

Auch bei Knolle und Lotte lief es bestens. Sie mussten ja

noch weiteren Proviant für die Reise organisieren, und das war überhaupt kein Problem. Meggys Mutter stellte nämlich regelmäßig frisch gebackenen Apfelkuchen zum Auskühlen ins offene Küchenfenster. Knolle beauftragte Lotte an der Haustür zu klingeln, und während Meggys Mutter öffnete, schnappte er einfach zu.

Überhaupt war Dümpelwalde das reinste Schlaraffenland. In den Gärten wuchsen: Erdbeeren, Himbeeren, Kirschen, Pflaumen, Gurken, Karotten und vieles mehr. Aber seit Frau Zastermann in ihrem Supermarkt exotisches Obst und Gemüse aus aller Herren Länder verkaufte, wurde vieles gar nicht mehr geerntet. Knolle konnte die Leckereien also guten Gewissens pflücken und versteckte sie anschließend im Kofferraum des alten Autos in der Scheune.

Für den Nachtisch war Lotte zuständig. Sie schlachtete dafür ihr Sparschwein und stöpselte mit ihrem ganzen Kleingeld den Kaugummiautomaten leer, der neben der Bushaltestelle am Dorfplatz angebracht war. Lotte war einfach die ehrlichste von allen Halunken.

Meggy brauchte nach dem Trubel mit Alfons dringend etwas Ruhe. Sie setzte sich unter ihren Lieblingsbaum im Garten und schloss die Augen. Ein sanftes Lüftchen wehte und brachte die Blätter der Bäume zum Rauschen. Es tat gut, einfach dazusitzen und nichts zu tun. Dabei sortierten sich die vielen Gedanken in ihrem Kopf fast von ganz alleine. Sogar die Sache mit Alfons konnte sie für einen Moment vergessen.

Als Anführerin einer Bande brauchte man einen klaren Kopf und musste in jeder Situation absolute Ruhe bewahren. Sie war stolz auf sich, dass sie das immer wieder schaffte. Sie atmete tief ein und wäre fast eingeschlafen, doch eine ihr wohlbekannte Stimme hielt sie im letzten Moment davon ab.

»Hallo Meggy!«, rief Oma Hertha vom Gartenzaun rüber. Sie schleppte eine schwere Einkaufstasche mit der Aufschrift »Alles frisch auf den Tisch«.

Meggy rieb sich die Augen und grüßte freundlich zurück.

»Kann ich kurz mit dir reden?«, fragte Oma Hertha und öffnete quietschend das kleine Gartentor.

»Klar!«, antwortete Meggy, auch wenn sie lieber noch ein wenig vor sich hingedöst hätte.

Oma Hertha stellte ihre Einkaufstasche ab und setzte sich neben Meggy ins Gras. Dabei konnte Meggy ein leises Knacken hören.

»Mein Fahrgestell muss mal wieder geölt werden«, witzelte die alte Frau. Dann kramte sie eine Tüte mit Kaubonbons hervor und hielt sie Meggy vor die Nase. »Hier, greif zu!«, sagte sie und schob sich selbst zwei auf einmal in den Mund. »Bie bleiben bfwar immer an meinem Gebiff hängen, aber fie find unglaubliff lecker«, schmatze sie.

Meggy musste so lachen, dass ihr fast das Bonbon aus dem Mund gefallen wäre.

Als Oma Hertha fertig gekaut hatte, wurde sie etwas ernster.

»Es freut mich wirklich sehr, dass ihr Marius bei euch

aufgenommen habt. Er ist ein guter Junge. Ich bin sicher, dass ihr euch verstehen werdet. Er hatte erst überhaupt keine Lust nach Dümpelwalde zu kommen. Aber ich glaube, so langsam gefällt es ihm hier.«

Meggy war erleichtert. Offensichtlich hatte Marius ihr nicht erzählt, dass die Halunken ihm bei der ersten Begegnung Prügel angedroht hatten.

»Marius ist schon in Ordnung«, sagte sie und lächelte Oma Hertha freundlich an.

»Sehr schön, das freut mich. Ihr werdet sicher viel Spaß zuammen haben.«

Oma Hertha packte die Bonbontüte zurück in die Einkaufstasche und stand auf. Meggy stützte sie dabei und zu dem Knacken des Knies kam jetzt noch ein Knirschen der Hüfte.

»Keine Sorge, das ist bei mir normal«, sagte sie und strich Meggy durch die Haare. »Danke, mein Kind!«

Sie verabschiedete sich und ging in Richtung Gartentor.

»Warte mal kurz«, rief Meggy ihr hinterher. Obwohl sie Marius' Gangstergeschichte glaubte, wollte sie nun doch noch mal sichergehen. »Stimmt es, dass sein Vater auf dem Bau arbeitet?«

Oma Hertha hielt verwundert inne.

»Ja, in gewisser Weise schon!«, antwortete sie. »Warum fragst du?«

»Ach, nur so«, erwiderte Meggy und wechselte so schnell wie möglich das Thema.

»Soll ich dir beim Tasche-Tragen helfen?«

»Danke, Meggy, das geht schon. Das ist ein gutes Training für meine morschen Knochen.«

Dann lächelte sie Meggy noch mal an und verließ winkend den Garten.

Am nächsten Tag trafen sich die Heuhaufen-Halunken wieder in ihrem Versteck. Meggy staunte nicht schlecht, als sie den gefüllten Kofferraum des Volvos betrachtete.

»Ich bin mächtig stolz auf euch!«, sagte sie anerkennend und blickte in die zufriedenen Gesichter ihrer Halunken.

»Wo ist eigentlich dieser Marius?«, fragte Alfons schließlich.

»Der kommt bestimmt gleich«, antwortete Meggy. Und ohne zu wissen warum, hatte sie auf einmal ein komisches Gefühl im Bauch. Sie war sich plötzlich nicht mehr so sicher, ob es tatsächlich eine gute Idee gewesen war, Marius in den Plan einzuweihen. Konnte man einem fremden Stadtkind wirklich vertrauen?

Kapitel 8

Willste Bauersfrauen nerven, musste Pferdeäpfel werfen

Sage und schreibe eine ganze Stunde später als abgemacht erschien Marius im Versteck der Heuhaufen-Halunken. Er sah total verschlafen aus. Seine Augen waren rot und seine Haare so struppig wie eine alte Klobürste. Sein T-Shirt war verknittert und er hatte sich nicht mal die Schuhe gebunden.

»Heute siehst du fast wie ein richtiges Dorfkind aus Dümpelwalde aus«, witzelte Meggy.

Doch Marius konnte nicht darüber lachen. Sein Kopf

brummte und er war hundemüde, denn er hatte die halbe Nacht kein Auge zu getan. Herauszufinden, wie man ein altes Auto zum Fahren bringt, war nämlich viel schwieriger, als er gedacht hatte. Stundenlang hatte er mit seinem Smartphone im Internet nach Tipps gesucht. Davon gab es zwar eine ganze Menge, aber da Marius keine große Ahnung von technischen Dingen hatte, verstand er das meiste überhaupt nicht.

Irgendwann gegen vier Uhr morgens hatte er dann ein Video gefunden, in dem ein Typ aus Amerika einen Oldtimer zum Laufen brachte. Da Marius ganz gut in Englisch war, konnte er sogar ein bisschen was von dem verstehen, was der Mann erklärte. Allerdings war das gar nicht so wichtig, weil in dem Video alles Schritt für Schritt gezeigt wurde: welche Werkzeuge man brauchte und wie man das Auto damit kurzschloss. Marius schaute sich das Video zehnmal hintereinander an und war dann erschöpft eingeschlafen.

»Tut mir leid, dass ich zu spät bin«, nuschelte er. »Hab verpennt …«

»Halb so schlimm«, gab Meggy zurück. Sie war erleichtert, dass Marius überhaupt noch aufgetaucht war.

Alfons machte das wütend. Normalerweise bekam man einen fürchterlichen Ärger mit Meggy, wenn man nicht pünktlich bei den Treffen erschien. Aber für Marius schienen diese Regeln nicht zu gelten. Bei ihm lief sowieso alles anders. Letztes Jahr hatten die Halunken eigentlich festgelegt, dass jeder Neuankömmling, der ein Heuhaufen-Halunke werden wollte, zuerst drei Mutproben bestehen musste. Bei der ersten sollte man vom Heuboden der Scheune, der ziemlich hoch war, in einen Heuhaufen springen. Die zweite Mutprobe bestand darin, einen Regenwurm aus der Erde zu holen und ihn anschließend zu essen. Und bei der dritten musste man frische Pferdeäpfel auf den Balkon von Bauer Kunze schmeißen, den seine Frau immer so liebevoll dekorierte und zweimal am Tag feucht durchwischte. Im Dorf erzählte man sich, dass sie einen Putzfimmel hatte und es nicht mal ertragen konnte, wenn sich auch nur ein einziges Staubkorn auf ihrem Balkon niederließ.

Mutproben für Neue!

1. Vom Heuboden in Heuhaufen springen!

2. Regenwurm aus der Erde holen und essen!

3. Frische Pferdeäpfel auf den Balkon von Bauer Kunze schmeißen!

Da in den letzten zwölf Monaten aber kein neues Kind nach Dümpelwalde gekommen war, war die Sache mit den Mutproben in Vergessenheit geraten. Alfons hatte kurz überlegt, Meggy darauf hinzuweisen, hielt dann aber lieber seine Klappe. Er war sich sicher, dass Meggy gerade nichts anderes als den Ausflug zum Plörrsee im Kopf hatte und ihn beim nächsten Streit bestimmt aus der Bande werfen würde.

»Da wir nun vollzählig sind, können wir ja besprechen, wie es weitergeht«, sagte Meggy und holte ihr Notizbuch aus dem Handschuhfach des Volvos. Sie überflog konzentriert ihre Aufzeichnungen und blickte dabei hin und wieder in den Kofferraum des Autos.

»So wie es aussieht, sind wir so gut wie startklar. Verpflegung, Zelt und Schlafsäcke, Geschirr … alles da.« Sie atmete zufrieden ein und blickte dann erwartungsvoll zu Marius. »Und du bist dir sicher, dass du die alte Karre zum Laufen bekommst?«

»Auf jeden Fall, das wird ein Klacks!«, erwiderte Marius und versuchte dabei, so cool wie möglich zu wirken.

Alfons verzog das Gesicht. So ein Angeber, dachte er und ballte seine Fäuste in den Hosentaschen.

»Gut, dann treffen wir uns morgen Abend pünktlich um 11 Uhr hier in der Scheune!« Das Wort »pünktlich« hatte Meggy besonders betont und dabei Marius angeschaut, dessen Gesicht sofort wieder rot anlief.

Schorsch, Knolle, Lotte und Marius verließen die Scheune und Meggy verstaute ihr Notizbuch im Auto. Alfons schob die Körbe und Kisten im Kofferraum dichter zusammen. Er wollte etwas mehr Platz für das Gepäck der Halunken schaffen. Das musste am nächsten Tag ja noch im Auto untergebracht werden.

»Danke, dass du so gut mit anpackst!«, sagte Meggy plötzlich. Sie lächelte Alfons an und sah glücklich aus.

»Kein Problem«, erwiderte Alfons kühl, doch für Meggy klang das nicht sehr ehrlich.

»Ich weiß, dass du Marius nicht leiden kannst, aber er ist unsere einzige Chance!«

Alfons ließ den Kofferraum mit einem ordentlichen Rumms zuknallen.

»Ja, ich kann ihn nicht leiden«, bestätige Alfons. »Aber das ist es nicht. Das Problem ist: Ich glaube ihm kein Wort. Das teure Handy, die Klamotten, seine Bande … so cool wie er tut, ist er einfach nicht. Er läuft bei jeder Kleinigkeit rot an. Für mich sieht er nicht nach einem Großstadtgangster aus! Dass dir das nicht auffällt …«

Meggy sah nachdenklich durch das Scheunentor nach draußen. Aufgewirbelter Heustaub schwebte sanft in den Sonnenstrahlen, die wie helle Streifen in die Scheune fielen.

»Vielleicht hast du recht«, sagte Meggy zu Alfons' Überraschung. »Aber weißt du was: Ich will ihm einfach glauben! Ich will, dass alles, was er gesagt hat, stimmt. Ich will es, damit wir unseren Plan zu Ende bringen können!«

Operation Badehose – Phase 4:

Yeah – wir sind so gut wie startklar!
Alles läuft nach Plan:

- Schorsch hat das Auto entrümpelt.
- Wir haben genügend Proviant!
- Zelte, Schlafsäcke, Campinggeschirr … alles da!
- Einen Autoschlüssel brauchen wir nicht, wir haben ja Marius!

Abfahrt: pünktlich um 11 Uhr morgen Abend!

Ich bin stolz auf meine Halunken!
Plörrsee – wir kommen!

Kapitel 9

Bist du auf dem Dorf ein großer Held,
weiß es bald die ganze Welt

Schorsch saß an seinem Schreibtisch und sah sich begeistert die alten Zeitungsartikel von Kuno Hammerstein an. Am Vortag hatte er im Dorfgemeinschaftshaus den Ortsvorsteher von Dümpelwalde getroffen, der zufällig auch sein Großonkel war. Da fast jeder in Dümpelwalde irgendwie miteinander verwandt zu sein schien, war dieser Zufall jedoch nicht sehr groß. Und so stellte sich heraus, dass Kuno Hammerstein ebenfalls über einige Ecken mit Schorsch verwandt gewesen ist. Er war nämlich der Cousin seines Großvaters. Und diese Tatsache hatte Schorsch fast genauso aus den Socken gehauen, wie es Kuno einst mit seinen Gegnern tat. Das war aber auch schon alles, was der Ortsvorsteher über Kuno Hammerstein wusste. Boxen hatte ihn noch nie interessiert, er war stattdesen begeistertes Mitglied des Schützenvereins. Im Dorfgemeinschaftshaus gab es aber zum Glück eine kleine Bibliothek, in der sich ein altes Fotoalbum befand, das viele Bilder von Boxkämpfen aus den Fünfzigerjahren beinhaltete. Schorsch durfte das Album zwar nicht mitnehmen, aber er hatte fast zwei Stunden darin geblättert. Das tollste Foto zeigte Kuno Hammerstein mit hochgerissenen Armen und dem linken Fuß auf einem Gegner, der k.o. am Boden lag.

»Ich lasse dir das Foto vergrößern, wenn du willst!«, hatte Schorschs Großonkel ihm angeboten. »Es wird jedoch ein paar Tage dauern!«

Schorsch konnte es kaum erwarten, das Foto von Kuno über sein Bett zu hängen.

»Was hast du denn da für alte Fetzen?«, fragte

Meggy, die mal wieder ohne anzuklopfen in das Zimmer von Schorsch gestürmt war. Sie hatte die alten Zeitungsauschnitte auf seinem Schreibtisch gleich entdeckt.

»Die hab ich im alten Volvo gefunden! Wusstest du, dass ich … ich meine, dass wir mit Kuno Hammerstein verwandt sind?«

»Kuno wer?« Meggy verstand kein Wort.

»Kuno Hammerstein! Er war ein weltbekannter Boxer aus Dümpelwalde!«, sagte Schorsch. Er kramte den Zeitungsartikel hervor, in dem stand, dass Kuno als Favorit auf den Weltmeistertitel galt.

»Und – ist er Weltmeister geworden?«, fragte Meggy gelangweilt. Sie fand Boxen nämlich fast so langweilig wie Dressurreiten oder Synchronschwimmen.

»Das weiß ich leider noch nicht«, entgegnete Schorsch. Aber er war sich sicher, dass er es bald herausfinden würde.

Meggy warf sich auf Schorschs Bett und starrte an die Zimmerdecke.

»Weißt du eigentlich, was in letzter Zeit mit Alfons los ist?«, fragte sie schließlich.

»Wie meinst du das?«

»Na ja, ich finde, er verhält sich seit ein paar Tagen ziemlich eigenartig. Und seit Marius da ist, ist es noch schlimmer geworden.«

Schorsch drehte sich mit seinem Schreibtischstuhl in Meggys Richtung.

»Ich glaube, Alfons findet Marius ziemlich blöd. Du weißt doch, dass er schon immer was gegen Stadtkinder hatte.«

»Das hatten wir doch bisher alle«, sagte Meggy.

»Schon, aber Alfons am allermeisten. Weißt du noch, wie er sich in der Schule mal mit einem Jungen geprügelt hat, weil der ihn Dorftrottel genannt und sich über seine Klamotten lustig gemacht hatte?«

Natürlich konnte Meggy sich erinnern. Alfons hatte dem Jungen damals ein blaues Auge verpasst und daraufhin mächtig Ärger mit dem Schuldirektor bekommen. Der Junge war mit seiner Klasse aus einer Berliner Partnerschule zu Besuch gewesen. Kein Wunder also, dass der Direktor stinksauer war. Seit diesem Vorfall wollten die

Heuhaufen-Halunken jedenfalls nichts mehr mit Stadtkindern zu tun haben.

»Aber Marius ist doch ganz anders!«, erwiderte Meggy. »Ich hätte es ja auch nie gedacht, aber vielleicht gibt es tatsächlich Stadtkinder, die in Ordnung sind.«

»Vielleicht«, wiederholte Schorsch, »vielleicht aber auch nicht.«

»Wir werden ja sehen«, sagte Meggy und rieb sich ihre müden Augen. »Gute Nacht, kleiner Bruder.«

Als Meggy Schorschs Zimmer verlies, warf er ihr noch ein Kissen hinterher. Als »kleiner Bruder« bezeichnet zu werden, konnte er nämlich überhaupt nicht leiden.

Meggy saß am Steuer des alten Volvos, dessen Motor ruhig und gleichmäßig brummte. Die warme Sonne Kaliforniens hüllte die Landschaft in ein wunderschönes Licht. Vor sich sah sie schon die Golden Gate Bridge, die sie direkt in die Stadt ihrer Träume führen würde – San Francisco. Die Hochhäuser, die sich in der Ferne in den Himmel streckten, sahen beeindruckend aus, und das

Meer, das die Stadt umgab, ließ in Meggy ein richtiges Urlaubsgefühl aufkommen.

Sie kurbelte die Fensterscheibe herunter, um die frische Sommerluft einatmen zu können. Dabei sah sie jedoch im Rückspiegel etwas, das sie beunruhigte: den Traktor von Bauer Kunze! Er hatte ein hektisch blinkendes Blaulicht auf dem Dach und näherte sich Meggys Auto mit einem Affenzahn. Dazu ertönte eine ohrenbetäubende Sirene. Kein Zweifel: Der Trecker verfolgte sie! Meggy drückte aufs Gas und spürte sofort, wie der Fahrtwind kräftiger wurde und ihre Haare durcheinanderwirbelte. Sie steckte nun mitten in einer aufregenden Verfolgungsjagd. Nur noch wenige Hundert Meter und sie würde die Brücke erreichen und den Traktor in den verwinkelten Straßen der Großstadt problemlos abhängen können.

Doch Bauer Kunzes Gefährt kam näher und näher. Kurz vor der Brücke überholte er Meggy schließlich mit lautem Gebrumme und konnte sogar einen ordentlichen Vorsprung herausfahren. Plötzlich legte er mitsamt seinem großen Anhänger eine Vollbremsung hin und blieb quer auf der Straße stehen. Zu allem Übel kippte er noch eine riesige Ladung Pferdeäpfel auf die Fahrbahn, sodass Meggy keine Chance hatte, auf die Brücke zu fahren. Sie stieg mit aller Kraft auf die Bremse und rutschte mit quietschenden Reifen in die noch warmen Pferdeäpfel.

Als sie endlich zum Stehen kam, sah sie den Fahrer des Traktors, der sie frech angrinste: Es war nicht Bauer Kunze, sondern Marius!

Schweißgebadet schreckte Meggy in ihrem Bett auf. Ihr Herz pochte wie wild, und sie brauchte eine Weile, bis sie begriff, dass sie sich nicht in San Francisco, sondern in ihrem Zimmer in Dümpelwalde befand. Ein Albtraum! Aber es war kein Wunder, dass sie schlecht träumte. Vor dem Einschlafen war Meggy schließlich noch mal alle Einzelheiten ihrer Reiseplanung in Gedanken durchgegangen.

Auch wenn bisher alles geklappt hatte, gab es schließlich noch einiges, das schiefgehen konnte. Was, wenn Marius tatsächlich gelogen hatte und er den Volvo nicht zum Laufen brachte? Und was, wenn Meggys Eltern mitbekamen, dass die Kinder mit dem alten Auto vom Hof fuhren? Das alte Ding knatterte bestimmt ziemlich laut.

Meggy schob diese Gedanken beiseite. Es würde schon alles gut gehen. Es musste einfach. Und nachdem sie sich von dem ersten Schreck des Albtraums erholt hatte, schlief sie glücklicherweise schnell wieder ein.

Auch die anderen Halunken waren furchtbar aufgeregt wegen der bevorstehenden Reise. Alfons wälzte sich unruhig in seinem Bett hin und her. Er hatte sich nämlich fest vorgenommen, den anderen Halunken während des Urlaubs am See von seinem Umzug zu erzählen.

Wie würden sie reagieren? Würde Meggy ihn sofort bei den Halunken rausschmeißen, wenn sie erfuhr, dass er bald

ein Stadtkind sein würde? Wohl kaum. Immerhin hatte sie diesen Marius ja auch aufgenommen. Vielleicht hatte es ja doch etwas Gutes, dass dieser Kerl in Dümpelwalde aufgetaucht war.

Schorsch war zwar auch aufgeregt wegen der Reise an den See, aber er dachte vor allem an Kuno Hammerstein. Er musste unbedingt herausfinden, ob er damals den Weltmeistertitel gewonnen hatte. Schorsch malte sich aus, wie Kuno einen großen goldenen Kranz um den Hals gelegt bekam und Tausende Fans aus aller Welt diesem Kerl aus Dümpelwalde zujubelten.

Lotte überlegte bis spät in die Nacht, welche Kuscheltiere sie mit auf die Reise nehmen sollte. Sie besaß eine beachtliche Sammlung

und hatte sich vorgenommen, nur zwanzig Stück einzupacken. Da aber all ihre Kuscheltiere sie mit ihren süßen Knopfaugen ansahen, beschloss sie kurzerhand, einfach die komplette Meute mitzunehmen.

Knolle hingegen schlief ohne Probleme ein. Seine Mutter hatte Königsberger Klopse zum Abendessen gemacht und er hatte eine Riesenportion verdrückt. Davon wurde er dann so müde, dass er bereits kurz nach dem Nachtisch auf der Kücheneckbank eingeschlafen war und von Fleischbällchen und Schokopudding träumte.

Und Marius? Er schaute sich immer und immer wieder das Video im Internet an, das erklärte, wie man ein Auto kurzschloss. Mittlerweile kannte er sogar die englischen Sätze auswendig. Das nötige Werkzeug hatte er in Oma Herthas Keller gefunden. Dort stand noch eine alte Werkbank seines

Opas, der vor einigen Jahren gestorben war. Dorfopas waren, was Werkzeug angeht, zum Glück immer bestens ausgestattet!

Erst als der Akku seines Smarthphones den Geist aufgegeben hatte, legte er sich schlafen.

Am nächsten Morgen krähte Pavarotti seine gewohnt schiefen Töne in die morgendliche Ruhe des Dorfes und ganz Dümpelwalde erwachte.

Na ja, nicht ganz Dümpelwalde. Die Heuhaufen-Halunken lagen mit Stöpseln in den Ohren in ihren Betten und schliefen tief und fest.

Meggy war die erste der Kinder, die am späten Vormittag wach wurde. Und das, was ihre Mutter ihr dann in der Küche erzählte, ließ sie vor Schreck blass wie ein Bettlaken werden.

Kapitel 10

Wenn Landfrauen Theater machen, haben Kinder nix zu lachen

»Das wird bestimmt ganz toll!«, versicherte Meggys Mutter und trocknete sich ihre Hände am Geschirrtuch ab. Das Spülbecken war voller Einmachgläser, die nur darauf warteten, wieder mit frischer Apfelmarmelade gefüllt zu werden.

Meggy wurde ganz schwindelig, denn ihre Mutter hatte ihr soeben erzählt, dass die ganze Familie am Abend nach Sumpflitz zum Dorffest fahren würde. Der Landfrauenverein zeigte dort ein Theaterstück für die ganze Familie.

»Lotte und ihre Mutter und sogar Alfons und seine Eltern kommen auch mit!«, fügte Meggys Mutter hinzu. »Und da Ferien sind und morgen ohnehin Samstag ist, bleiben wir anschließend bis zum Feuerwerk um 11 Uhr in Sumpflitz!«

Meggy sah ihre Mutter fassungslos an.

»Was ist los mit dir – freust du dich denn gar nicht?«

Ohne zu antworten rannte Meggy aus der Küche und rüttelte Schorsch aus dem Schlaf.

»Wach auf, Mann! Die Kacke ist am Dampfen!«

Eine halbe Stunde später saßen die Heuhaufen-Halunken in ihrem Quartier. Meggy hatte alle zusammengetrommelt.

»Wir haben ein dickes Problem«, begann Meggy die Krisensitzung und sah die anderen Halunken mit ernster Miene an. Dann erzählte sie vom Theaterstück der Landfrauen und von dem Feuerwerk.

»Beim Dorffest in Sumpflitz gibt's die leckerste Bratwurst der Welt!«, begann Knolle zu schwärmen.

»Danke Knolle, für diesen wirklich hilfreichen Beitrag!«, fauchte Meggy. Sie lief nervös in der Scheune hin und her und die anderen Halunken starrten enttäuscht Löcher in die Luft. So kurz vor der Abreise zum Plörrsee stellten sich ihnen nun ausgerechnet die Sumpflitzer Landfrauen mit ihrem Theaterstück in den Weg. Der perfekte Plan schien auf den letzten Metern zu scheitern.

»Warum fahren wir denn nicht einfach schon morgen?«, fragte Lotte, doch Meggy widersprach ihr sofort. Anders als unter der Woche war an Samstagen in Dümpelwalde einfach zu viel los. Alle fegten die Straße, mähten den Rasen oder arbeiteten im Garten und auf den Feldern. Und das zog sich meistens bis in die späten Abendstunden hinein. Die Halunken würden daher unmöglich ungestört abhauen können. Außerdem trafen sich die wenigen Jugendlichen, die es in Dümpelwalde gab, an den Samstagabenden immer an der Bushaltestelle in der Dorfmitte. Und wenn die Heuhaufen-Halunken dort mit dem alten Volvo vorbeiknatterten, würden die Jugendlichen sie mit Sicherheit sofort verpfeifen. Oder noch

schlimmer: Sie würden sie mit ihren stinkenden Mofas verfolgen.

Nein, Samstagabende waren zu gefährlich, und noch länger wollte Meggy mit der Vollendung des Plans auf keinen Fall warten.

»Wir brauchen einfach einen guten Grund, warum wir nicht mit nach Sumpflitz kommen können«, dachte Meggy laut nach.

»Wie wär's, wenn wir sagen, dass uns allen kotzübel ist?«, fragte Schorsch.

Meggy schüttelte den Kopf. »Dass wir alle gleichzeitig krank werden, glaubt uns doch keiner. Außerdem werden unsere Eltern dann bestimmt die ganze Nacht vor Sorge an unseren Betten hocken. Das hilft uns auch nicht weiter.«

Die anderen Halunken nickten zustimmend, hatten aber auch keine bessere Idee.

Marius, der die ganze Zeit still auf einem Heuhaufen gesessen hatte, schnippte plötzlich mit den Fingern.

»Ich hab's!«, sagte er triumphierend und die anderen sahen ihn erwartungsvoll an.

»Ihr könnt nicht mit nach Sumpflitz fahren, weil ich euch heute Abend zum Kinoabend einladen werde! Oma Hertha hat selbst vorgeschlagen, dass ich euch mal einladen soll, damit wir uns noch besser anfreunden.«

»Ja, und meine Mutter wird sich auch freuen«, fügte Meggy begeistert hinzu. »Sie hat sich nämlich schon Sorgen gemacht wegen der Schläge, die wir dir angedroht haben.«

»Ein Versöhnungskinoabend, sozusagen!«, brachte es Schorsch auf den Punkt.

»Na toll«, murmelte Alfons genervt. Aber er sah darin tatsächlich eine Möglichkeit, nicht mit nach Sumpflitz fahren zu müssen. Und da es in Wirklichkeit ja keinen Kinoabend geben würde, musste es ja auch keine Versöhnung geben.

Meggys Mutter war von dem Kinoabend bei Marius nicht begeistert.

»Das könnt ihr doch jeden Abend machen«, sagte sie. »Das Dorffest ist nur einmal im Jahr!«

Meggys Argument, dass Oma Hertha am Abend auch in Sumpflitz sein würde und die Kinder sie mit dem Kinoabend somit nicht stören würden, überzeugte sie dann doch. Außerdem freute es sie, dass die Kinder nun anscheinend mit Marius Frieden geschlossen hatten.

Alfons Eltern waren begeistert von der Idee. Dann konnten sie nämlich mal in aller Ruhe ausgehen. Und Knolles Eltern waren regelrecht erleichtert. Wenn Knolle zu Hause blieb, würden sie eine Menge Geld sparen. Im letzten Jahr hatte Knolle auf dem Sumpflitzer Dorffest nämlich sage und schreibe neun Bratwürstchen verdrückt und damit einen inoffiziellen Rekord aufgestellt.

Lottes Mutter war zunächst skeptisch. Als Meggy ihr aber versicherte, gut auf ihre kleine Cousine aufzupassen und dass sie ganz bestimmt einen ganz harmlosen Film schauen würden, willigte sie schließlich ein.

Und Oma Hertha fand es einfach nur toll, dass Marius nun endlich Freunde in Dümpelwalde gefunden hatte. Sie wollte allerdings ihre Nachbarin Frau Grünow damit beauftragen, hin und wieder nach den Kindern zu schauen. Dagegen hatten die Heuhaufen-Halunken nichts einzuwenden, denn Frau Grünow gehörte zu den alten Leuten des Dorfes, die besonders schwer hörten und extrem schlecht sahen.

Meggy schnaufte erleichtert durch. Problem gelöst. Und noch besser: Es hatte sogar dazu geführt, dass die Heuhaufen-Halunken am Abend in aller Ruhe ihren Plan würden durchführen können. Ganz ohne Eltern. Denn die konnten sich ja in Sumpfplitz vergnügen, während sich die Halunken auf die Reise machen würden. Nun konnte eigentlich nichts mehr schiefgehen!

Operation Badehose – Phase 5:

Puh! Das war knapp!

Unser Plan drohte zu scheitern, weil unsere Eltern mit uns nach Sumpflitz zum Dorffest fahren wollten. Marius hatte die geniale Idee mit dem Kinoabend. Nun können wir in aller Ruhe unseren Plan ausführen, während sich unsere Eltern in Sumpflitz vergnügen.

Nicht vergessen:

- „Wir machen Urlaub"-Zettel für Eltern schreiben und ans Scheunentor hängen!

Abends um sieben fuhren Meggys Eltern mit Lottes Mutter vom Hof. Meggys Mutter trug ihr schönes Sommerkleid mit dem Apfelmuster und ihr Vater hatte sich zur Feier des Tages eine Krawatte umgebunden.

»Dass ihr mir ja nichts anstellt!«, hatte Meggys Mutter zum Abschied gesagt und dabei freundlich gelächelt.

»Mach dir keine Sorgen«, hatte Meggy geantwortet. »Ich habe alles im Griff!«

Und das stimmte ja auch. Ihr Plan stand kurz vor der Vollendung. Kaum waren ihre Eltern verschwunden, schnappte sie sich Schorsch und Lotte und machte sich mit ihnen auf den Weg zu Oma Herthas Haus.

Marius erwartete sie schon.

»Oma Hertha ist auch gerade abgeholt worden. Die Luft ist also rein!«, sagte Marius.

Bevor sie ins Haus gingen, winkte er noch lächelnd Frau Grünow zu, die neugierig am Gartenzaun stand.

»Die wird uns doch keine Probleme bereiten, oder?«, fragte Meggy besorgt.

»Ganz bestimmt nicht. Um halb acht lässt sie immer

die Rollos runter und schaut dann Fernsehen«, beruhigte Marius sie. »Und den dreht sie so laut auf, dass man es bis auf die Straße hören kann.«

Keine zwei Minuten später trafen auch Knolle und Alfons ein. Beide hatten einen kleinen Rucksack dabei, in dem sie ihre Klamotten für die Reise verstaut hatten. Knolle zerrte zusätzlich noch seine Bettdecke und eine große Sporttasche hinter sich her, die ziemlich schwer zu sein schien und fast platzte.

»Ich habe mir noch ein bisschen Extraproviant eingepackt«, sagte er und ließ sich schnaufend auf einen Sessel plumpsen. »Ich war unsicher, ob unsere Vorräte reichen. Von der Meeresluft bekomme ich nämlich immer so großen Hunger!«

»Wir fahren an einen See und nicht ans Meer«, korrigierte ihn Meggy.

»Egal – Hunger bekomme ich trotzdem!«, gab er zurück und zog schon mal einen Schokoriegel aus der Seitentasche.

»Und was machen wir jetzt noch so lange, bis es dunkel

wird?«, fragte Alfons, als sie alle im Wohnzimmer von Oma Hertha saßen und Knolle dabei zuschauten, wie er einen zweiten Schokoriegel verdrückte.

»Na, wir schauen einen Film, ist doch klar!«, sagte Marius. »Immerhin haben wir ja allen gesagt, dass wir einen Kinoabend machen. Oma Hertha hat sogar extra Popcorn zubereitet!«

Marius holte zwei große Schüsseln mit gezuckertem Popcorn aus der Küche und Knolles Augen begannen zu leuchten.

»Und was gucken wir?«, wollte Alfons weiter wissen.

»Tom Sawyer«, antwortete Marius und kramte eine DVD-Hülle hervor, die noch funkelnagelneu verpackt war.

»Haste die auch im Elektroladen geklaut?«, fragte Alfons spöttisch. Meggy warf ihm dafür einen bösen Blick zu.

»Ja, ähh, klar«, stotterte Marius und sein Gesicht lief leuchtend rot an.

Meggys böser Blick verschwand augenblicklich. Stattdessen sah sie nun Marius skeptisch an.

Zufrieden schnappte sich Alfons eine Handvoll Popcorn. »Na dann – Film ab!«

Um kurz vor neun war der Film zu Ende. Vollgestopft mit Popcorn lagen die Halunken in den Sesseln.

»Ich penn gleich ein!«, stammelte Schorsch, dem ein Maiskorn an der Backe klebte.

»In der Küche ist noch Cola«, sagte Marius und zappte nun durch das Abendprogramm im Fernsehen. »Vielleicht hält die dich wach.«

»Ich hole sie«, sagte Alfons, dem vom langen Sitzen schon der Hintern wehtat.

Er schnappte sich eine eiskalte Flasche aus dem Kühlschrank. Gerade als er zurück ins Wohnzimmer gehen wollte, fiel sein Blick auf die Pinnwand neben der Küchentür. Dort hing ein Foto von Marius und einem Mann, den Alfons nicht kannte. Vermutlich war er Marius' Vater. Bei genauem Hinschauen entdeckte er sogar ein wenig Ähnlichkeit mit Oma Hertha. Unten am Foto war mit einer Büroklammer eine Visitenkarte befestigt.

»Guido Hildebrand – Geschäftsführung« war dort zu lesen.

Und da Oma Hertha auch Hildebrand mit Nachnamen hieß, bestand kein Zweifel: Dieser Guido musste Marius' Vater sein.

»Von wegen, Bauarbeiter. Der ist der Boss von dem Laden!«, murmelte Alfons ärgerlich. In seinem Bauch fing es an zu brodeln.

Oben auf der Visitenkarte war in fetten Blockbuchstaben auch noch der Name der Firma zu lesen. Und da

stockte Alfons der Atem! Das konnte doch nicht wahr sein. »Hildebrand Hoch- und Tiefbau« – die Firma, in der Alfons' Vater nach den Ferien in Berlin arbeiten würde. Beinahe wäre ihm vor Schreck die Flasche aus der Hand gefallen. Er stützte sich am Türrahmen ab und las sich die Karte ein zweites Mal durch. Es bestand kein Zweifel.

Sein Vater würde in der Firma von Marius' Vater in Berlin arbeiten. Die beiden schienen sich noch von früher zu kennen. Vermutlich würde Alfons also noch nicht mal in Berlin Ruhe vor Marius haben. Das durfte doch alles nicht wahr sein! Das Schlimmste jedoch war, dass er die Halunken angelogen hatte. Das Kribbeln in seinem Bauch verwandelte sich in eine Stinkwut.

»Hast du die Cola gefunden?«, rief ihm Marius aus dem Wohnzimmer zu.

Alfons zuckte zusammen. Dann atmete er tief durch und antwortete, als sei nichts gewesen: »Ja, habe ich!«

Kapitel 11

Pack die Badehose ein,
nimm dein kleines Brüderlein
(und dann nischt wie raus zum Plörrsee)

Nachdem die Cola leer getrunken war und es langsam dämmerte, wurden die Heuhaufen-Halunken ungeduldig.

»Komm Meggy, lass uns aufbrechen«, sagte Schorsch, der nun gar nicht mehr müde war.

Meggy zog den Vorhang beiseite und blickte nach draußen. Frau Grünows Rolläden waren geschlossen und auch sonst waren die Straßen wie leer gefegt. Die meisten Bewohner von Dümpelwalde waren wohl beim Dorffest in Sumpflitz. Wenn in der Gegend schon mal was los war, gingen alle hin.

»Also gut«, entschied Meggy. »Aber wir müssen leise sein!«

Marius holte seine Reisetasche und eine kleine Werkzeugbox aus seinem Zimmer und schloss hinter den Halunken die Haustür. Frau Grünow schien nichts zu bemerken, und so machten sich die Kinder auf den Weg zur Scheune. Dort angekommen, verstaute Alfons die Taschen im alten Volvo. In der Scheune war es nun recht dunkel, aber das machte gar nichts. Im Gegenteil. Die Dunkelheit bot ihnen Schutz und alles fühlte sich nun wie in einem Gangsterfilm an.

Meggy, Schorsch und Lotte holten ihr Gepäck aus dem Haus. Außer dem Zwitschern einiger Schwalben, die durch den Himmel schossen, war alles still im Dorf.

Meggy hatte nur ihren kleinen Rucksack gepackt. Sie hatte lange überlegt, was sie mitnehmen sollte. Außer ihrem Badeanzug hatte sie nur das Nötigste dabei. Schorsch kam ebenfalls mit wenig Gepäck aus. Er bestand aber darauf, seine Boxhandschuhe einzupacken. Er wollte die Zeit am See nutzen, um zu trainieren.

»Kuno Hammerstein hat auch jeden Tag trainiert«, entgegnete er Alfons, der ihn ungläubig ansah.

»Wer bitte schön ist Kuno Hammerstein?«, fragte Alfons, als er die Boxhandschuhe zwischen die Obstkörbe quetschte.

»Erzähle ich dir in aller Ruhe am See«, antwortete Schorsch begeistert.

Lotte kam als Letzte mit ihrem Gepäck in die Scheune. Als Alfons die riesige Menge an Kuscheltieren erblickte, die sie hinter sich herschleifte, wäre er fast rückwärts umgefallen.

»Die willst du doch nicht etwa alle …«, begann er mit ärgerlichem Unterton. Doch als er sie mit ihrem breiten Lotte-Grinsen sah, gab er auf.

»Du willst sie alle mitnehmen …«

Der Kofferraum war nun so voll, dass nicht mal mehr eine Fliege darin Platz gehabt hätte. Um die Klappe zu schließen, mussten sich alle Halunken gemeinsam dagegenstemmen.

»Alle Mann an Bord!«, befahl Meggy.

»Wartet, das Scheunentor!«, rief Schorsch und rannte zum Eingang der Scheune. Normalerweise war immer nur die linke Seite des Tors geöffnet. Das reichte, um hindurchzugehen oder Fahrräder hineinzuschieben. Ein Auto würde dort aber auf keinen Fall durchpassen.

Schorsch drückte mit aller Kraft gegen die rechte Seite des Tors, bekam die schwere Tür aber nicht auf.

»Helft mal mit«, keuchte er.

Die Halunken stemmten sich nun gemeinsam gegen das Tor, doch es bewegte sich kein Stück.

»Das Ding wurde seit Jahrzenten nicht mehr bewegt«, vermutete Meggy und rammte noch mal kräftig ihre Schulter gegen das Holz. Doch es nützte nichts.

»Bei drei rennen wir alle zusammen dagegen«, befahl sie. Wie ein wütender Stier in einer Stierkampfarena scharrte sie mit den Füßen auf dem staubigen Boden. Die anderen Halunken taten es ihr gleich. Dieses vergammelte Tor sollte ihre Reise in die Freiheit auf keinen Fall verhindern.

»Eins, zwei drei!« Die Halunken donnerten mit voller Wucht gegen das alte Holz, dass es nur so rumste. Doch es tat sich überhaupt nichts. Nur die Schultern der Kinder schmerzten nun furchtbar und sie ließen sich enttäuscht auf den Boden sacken.

»Das war's dann wohl«, brummte Schorsch und wischte sich den Schweiß von der Stirn.

»Die Reise der Heuhaufen-Halunken endet bereits am Scheunentor!«

Meggy war wütend auf sich selbst. Sie hätte daran denken müssen, das Tor vorher zu überprüfen. Solche Planungsfehler durfte man sich als Bandenchefin auf keinen Fall erlauben!

Knolle hingegen nutzte die kleine Pause und kramte raschelnd einen Schokoriegel aus seiner Tasche. Meggy sah in böse an. »Wie kannst du in so einer Situation ans Essen denken?«

»Nervennahrung«, verteidigte er sich und biss genüsslich in den Riegel.

»Leute, seht mal hier!«, rief Lotte plötzlich. Sie zeigte

auf einen kleinen, rostigen Bolzen, der unten am Tor angebracht war und es im Boden verankerte. Im Halbdunkeln war er kaum zu sehen. Die Halunken begriffen sofort und Alfons zog den Bolzen mit einem Ruck nach oben. Das Tor ließ sich nun ohne Probleme öffnen.

Meggy atmete tief durch. Die ganze Aufregung hatte sie alle nicht klar denken lassen.

»Wenn wir dich nicht hätten«, sagte sie zu Lotte und klopfte ihr anerkennend auf die Schulter.

»Jetzt aber los!«

Alfons, Schorsch, Knolle und Lotte quetschten sich auf die Rückbank.

Meggy steckte noch einen Zettel mit der Nachricht für die Eltern an einen rostigen Nagel am Scheunentor.

Die Heuhaufen-Halunken machen Urlaub
und sind in ungefähr zwei Wochen zurück!
Macht euch keine Sorgen!

»Jetzt bist du an der Reihe!«, sagte sie zu Marius und sprang auf den Beifahrersitz.

In Marius Bauch begann es fürchterlich zu kribbeln. Nun war also die Stunde der Wahrheit gekommen. Sein Kopf lief rot an und seine Hände begannen zu zittern. Er kramte das Werkzeug aus der Box, schaltete die Taschenlampenfunktion seines Smartphones ein und schaute sich das Zündschloss des alten Volvos an. Zum Glück sah es dem aus dem Internetvideo sehr ähnlich.

»Take the screwdriver and open the covering …«, murmelte er in perfektem Englisch und Meggy sah ihn verwundert an.

Doch Marius nahm ihren Blick nicht wahr. Völlig konzentriert hantierte er mit Schraubenzieher und Zange, öffnete die Verkleidung unter dem Lenkrad und fummelte an den Kabeln herum.

Die anderen Halunken sahen ihm gespannt zu. Selbst Alfons war beeindruckt. Marius schien sich tatsächlich auszukennen.

Mittlerweile stand ihm der Schweiß auf der Stirn und

er hatte sich an seinem Zeigefinger eine kleine Schnittwunde zugezogen. Doch das interessierte ihn nicht weiter. Schritt für Schritt ging er exakt so vor, wie er es in dem Video gesehen hatte. Dabei fühlte er sich wie in einem komischen Traum. Als wäre er es gar nicht selbst, der gerade ein Auto knackte. Trotzdem lief alles nach Plan. Nach ein paar Minuten hielt er zwei Drähte in der Hand und atmete tief ein.

»Last step: ignition!«, sagte er, und als er die beiden Drähte aneinanderhielt, machte der Motor des alten Volvo ein komisch gurgelndes Geräusch und verstummte sofort wieder.

Marius hielt das Kribbeln in seinem Bauch kaum noch aus. Er wischte sich den Schweiß von der Stirn und probierte es erneut. Wieder nur ein kurzes Gurgeln.

»Stimmt was nicht?«, fragte Meggy ungeduldig.

Marius antwortete nicht, sondern hielt die beiden Kabel ein drittes Mal aneinander. Nach einem etwas längeren Gurgeln sprang der Motor des alten Volvo tatsächlich an!

Schorsch, Knolle und Lotte jubelten und Meggy fiel Marius um den Hals.

»Du hast es geschafft!«, triumphierte sie, »Und jetzt nichts wie raus zum Plörrsee!«.

Marius konnte es selbst kaum fassen. Aber es fühlte sich gut an, dass die anderen ihm zujubelten. Nur Alfons jubelte nicht mit. Seine Wut war noch nicht verflogen, und obwohl er froh war, dass die Reise nun begann, gönnte er Marius den Triumph nicht.

Den alten Volvo schien das alles nicht zu interessieren. Der Motor des Autos knatterte laut und kräftig und der Qualm der Abgase vernebelte die Scheune.

Das kribbelige Gefühl in Marius Bauch war nun jedoch zurück. Er hatte in seinem ganzen Leben noch nie selbst ein Auto gefahren. Sein Vater hatte ihm zwar schon das ein oder andere zum Thema Kupplung und Gangschaltung erklärt, nur ausprobiert hatte er das nie. Aber es half nichts. Er musste es irgendwie versuchen.

Er trat auf eines der Pedale am Fußboden und der Motor heulte auf.

Das musste das Gaspedal gewesen sein. Dann trat er auf das andere Pedal und schob den Hebel der Gangschaltung nach vorne. Das Auto machte einen kräftigen Ruck und die Halunken konnten sich kaum in den Sitzen halten. Doch der Wagen fuhr nicht los.

»Ist das hier die Handbremse?«, wollte Meggy wissen und zeigte auf einen länglichen Hebel links neben ihrem Sitz.

»K-k-kann sein«, stotterte Marius.

Meggy lies den Hebel nach vorne schnellen und vor Schreck trat Marius auf das Gaspedal. Nach einem weiteren Ruck, der noch heftiger war als der erste, setzte sich der alte Volvo in Bewegung.

»Wir fahren!«, brüllte Meggy begeistert. »Wir fahren in den Urlaub!«

Als Marius den alten Wagen aus der Scheune lenkte, hätte er fast die Regentonne umgefahren, die neben dem Scheunentor stand.

Lotte hielt sich ängstlich ihren großen Kuschelteddy vors Gesicht und Knolle kaute nervös auf seinem vierten Schokoriegel herum.

Schorsch klammerte sich mit aller Kraft am Türgriff fest und Alfons saß mit versteinerter Miene und verschränkten Armen auf der Rückbank.

Nur Meggy lehnte sich zufrieden und entspannt zurück, als der alte Volvo knatternd und quietschend und in bedenklichen Schlangenlinien auf die Dorfstraße einbog. Sie schloss die Augen und stellte sich vor, dass sie nicht durch Dümpelwalde, sondern durch San Francisco fuhren. Mit einem geklauten Auto und jeder Menge Diebesgut im Kofferraum.

Marius hingegen war alles andere als entspannt. Da es draußen mittlerweile recht dunkel war, drehte und drückte er alle möglichen Knöpfe im Auto, um das Licht einzuschalten. Zuerst sprang der Scheibenwischer an, der sich kratzend über die Windschutzscheibe schob und staubige Streifen hinterließ, die die Sicht noch schlechter machten. Dann setzte sich die Belüftung in Gang und wehte einen eklig modrigen Mief ins Auto. Nachdem er noch aus Versehen die Hupe gedrückt und den Blinker betätigt hatte, erwischte er endlich den Lichtschalter.

»In-in-in welche Richtung?«, stotterte Marius hektisch.

Meggy öffnete ein Auge und blickte auf die Straße, die von den alten Scheinwerfern nur schwach beleuchtet wurde. »Du bist schon richtig … immer geradeaus. So viele Straßen gibt's hier ja nicht.«

Dümpelwalde war wie leer gefegt. Kein Auto, kein Mensch – niemand war unterwegs. Außer den Heuhaufen-Halunken in ihrem fahrenden Bandenquartier.

Da sich Marius nicht mit der Gangschaltung auskannte, tuckerten sie im ersten Gang in Schrittgeschwindigkeit Richtung Ortsausgang. Bei dieser Geschwindigkeit ließ sich der Wagen gut steuern und der Fahrtwind blies nun auch den störenden Staub von der Windschutzscheibe.

Die Aufregung verflog und das Fahren machte mittlerweile sogar Spaß. Marius lehnte sich im Sitz zurück und blickte zufrieden aus dem Fenster. Alles sah so friedlich aus. Der Mond leuchtete auf die weiten Felder und die Sterne blinkten fröhlich um die Wette. Sie fuhren eine lange Allee entlang, an der links und rechts uralte Apfelbäume ihre Äste in den Himmel streckten. Auch wenn in Dümpelwalde nicht viel los war, war die Gegend doch umwerfend schön. Das musste Marius zugeben. Ganz anders als in Berlin. Dort war es niemals still und die Straßen waren voller Menschen. Wald und Wiesen gab es höchstens in den Parkanlagen, aber dort hielt sich Marius eigentlich nie auf. Er verbrachte die meiste Zeit zu Hause und beschäftigte sich mit seinem Computer oder schaute fern. Er würde gerne mit Freunden um die Häuser ziehen, zum Skatepark gehen oder Basketball spielen. Nur hatte er leider kaum Freunde. Doch vielleicht würde sich das ja zumindest in diesem Urlaub ändern. Die Heuhaufen-Halunken schienen ihn langsam zu akzeptieren. Das fühlte sich gut an und er war sogar ein bisschen stolz auf sich.

»Hier vorne geht's übrigens gleich steil bergab!«, knurrte Alfons von hinten.

Doch Marius hörte ihn nicht. Er blickte gedankenversunken nach draußen. Wenn ihn seine Klassenkameraden aus Berlin nun sehen könnten. Für die war er ja immer der verwöhnte Kerl, der zwar alles hatte, sich aber nichts traute. Und nun saß er in einem geknackten Auto und …

»Hey Mann – guck endlich nach vorne!«, riss ihn Alfons brüllend aus seinen Gedanken. Auch Meggy riss vor Schreck die Augen auf und Lotte fing an zu weinen.

Was Marius nun vor sich sah, ließ sein Herz wie wild schlagen. Die eben noch so flache Straße führte nun steil bergab. Nicht besonders lang, aber es folgte eine bedenklich scharfe Rechtskurve.

Marius spürte seinen Puls im ganzen Körper, und seine Hände schwitzten plötzlich so sehr, dass er nur mit Mühe das Lenkrad unter Kontrolle halten konnte.

Der Volvo wurde nun deutlich schneller und der Motor heulte gequält auf.

Panisch zog Marius am Gangschaltungshebel, doch das

machte alles nur noch schlimmer. Der alte Wagen sauste nun klappernd den Hügel runter. Lotte begann jetzt richtig zu schreien und Knolle vergaß vor lauter Aufregung in seinen Schokoriegel zu beißen.

Die Bäume schienen an ihnen vorbeizufliegen, und man konnte fast meinen, dass das Auto jeden Moment abheben würde.

»Wie bremse ich das Ding denn?«, schrie Marius verzweifelt.

»Ich dachte, du kannst Auto fahren!«, brüllte Alfons. »Tritt aufs Bremspedal!«

Marius trampelte wie wild auf dem Fußboden herum und erwischte dabei aus Versehen das Gaspedal. Wo war noch mal die Bremse? Er konnte einfach keinen klaren Gedanken mehr fassen. Wieso hatte er sich nur auf diese Sache hier eingelassen? In seinem Kopf wirbelte alles wild durcheinander, und er wünschte, dass er sich einfach nur in einem bösen Traum befand. Doch das heftige Ruckeln des Autos war der Beweis, dass er leider nicht träumte.

Die scharfe Rechtskurve kam immer näher, und die

Halunken kreischten und brüllten, dass die Kühe auf den Weiden die Köpfe nach ihnen umdrehten.

Plötzlich hatte Meggy den rettenden Gedanken. Sie war die Einzige im Auto, die halbwegs die Ruhe bewahrte – ganz so, wie es sich für einen Gangsterboss gehörte. Blitzschnell zog sie mit aller Kraft die Handbremse. Mit quietschenden Reifen verlor das Auto dadurch an Geschwindigkeit, doch sie waren immer noch zu schnell für die enge Rechtskurve. Das Gekreische und Gebrülle im Auto wurde immer lauter.

Die nächsten Sekunden schienen wie in Zeitlupe zu vergehen. Marius sah keine Möglichkeit, die Kurve zu nehmen. Er umklammerte krampfhaft das Lenkrad und schloss die Augen.

Sie kamen von der Fahrbahn ab, schossen über einen kleinen Graben und rutschten anschließend über ein kurzes Wiesenstück. Dann mähten sie einen kleinen Busch um, verfingen sich in einem Stacheldrahtzaun und kamen auf der Wiese von Bauer Kunze endlich zum Stehen.

Kapitel 12

Wenn du denkst, es geht nicht mehr, kommt von irgendwo ein Lichtlein her

»Geht es euch allen gut?«, fragte Meggy besorgt.

Alfons, Schorsch und Lotte saßen kreidebleich auf der Rückbank, aber sie nickten. Marius hielt immer noch zitternd das Lenkrad fest. Aber auch er nickte.

»Mein Schokoriegel ist weg!«, murmelte Knolle und blickte sich suchend auf dem Fußboden des Autos um.

Nachdem der erste Schock überwunden war, stiegen die Halunken aus dem Auto und sahen sich den Schlamassel an.

Der Kühlergrill und die Stoßstange des Volvo hatten sich im Stacheldraht verfangen und ein Vorderreifen verlor zischend Luft.

»Das war's dann wohl«, brachte es Schorsch auf den Punkt.

Meggy hantierte am Stacheldraht herum, merkte aber schnell, dass es keinen Sinn hatte. Enttäuscht ließ sic sich in die Wiese fallen.

»Das ist alles deine Schuld!«, brach es aus Alfons heraus. Er baute sich vor Marius auf und ballte eine Faust. Nun machte er all dem Ärger Luft, der sich in den letzten Tagen in ihm aufgestaut hatte.

»Du hast in deinem ganzen Leben noch kein Auto gefahren. Und die Geschichte mit den Diebstählen … alles erstunken und erlogen. Und dein Vater ist auch kein Bauarbeiter, sondern ein reicher Schnösel!«

Er packte Marius am Kragen und schleuderte ihn zu Boden. Dann warf er sich auf ihn und holte mit der Faust aus.

»Jetzt reicht's!«, brüllte Meggy. Sie griff gerade noch

rechtzeitig nach Alfons' Arm und zog ihn mit einem kräftigen Ruck zur Seite. Sie hatte große Mühe, Alfons festzuhalten, der wie wild zappelte und um sich schlug. Doch Meggy schaffte es, ihn auf den Bauch zu drehen und seine Arme auf dem Rücken zu verschränken. Mit schmerzverzerrtem Gesicht lag Alfons im Gras und gab schließlich auf.

»Lass ihn«, sagte Marius ruhig, der sich inzwischen aufgerappelt hatte. Er atmete schwer und blickte schuldig zu Boden. »Er hat recht.«

Meggy traf fast der Schlag und die anderen Halunken sahen Marius mit großen Augen an.

»Ich hab noch nie was geklaut. Und Autos knacken kann ich eigentlich auch nicht. Und ja – mein Vater ist Chef einer großen Firma, und ich bekomme vermutlich mehr Taschengeld als ihr alle zusammen. Ich habe mir das alles ausgedacht, weil ich wollte ...« Er stockte kurz und rieb sich eine Träne aus dem Auge. »Ich wollte, dass ihr mich mögt. Ich wollte einer von euch sein.«

Meggy konnte es nicht fassen. Sie entließ Alfons aus ihrem Griff, erhob sich und klopfte sich den Dreck von den Klamotten. Enttäuscht blickte sie Marius ins Gesicht. Sie hatte ihm vertraut. Sie hatte ihn in den Plan eingeweiht, obwohl er ein fremder Junge aus der Stadt war. Und sie fand Marius wirklich nett. Sie hätte am liebsten angefangen zu heulen, doch sie riss sich zusammen. Immerhin war sie der Chef der Heuhaufen-Halunken.

»Wenn das alles nur gelogen war – wie hast du das dann mit dem Auto hinbekommen?«

Marius zog sein Smartphone aus der Tasche und spielte das Autoknack-Video ab.

»Elender Betrüger«, sagte Knolle schmatzend, der in der Zwischenzeit seinen Schokoriegel wiedergefunden hatte.

»Und ich habe es dir von Anfang an gesagt«, fügte Alfons wimmernd hinzu und rieb sich seine schmerzenden Arme.

Meggy sah ihn schuldbewusst an. »Und ich hätte dich fast aus unserer Bande geschmissen … obwohl du recht hattest«, sagte sie. »Tut mir leid!«

Doch Meggy musste gar nichts leidtun. Alfons spürte, dass nun auch für ihn die Zeit gekommen war, die Wahrheit zu sagen.

»Du hättest mich gar nicht rausschmeißen müssen!«, stieß er hervor.

»Wie meinst du das?«, fragte Meggy.

»Nach den Ferien werde ich kein Heuhaufen-Halunke mehr sein!«

Mit Tränen in den Augen und zittriger Stimme erzählte er den anderen von dem neuen Job seines Vaters und dem bevorstehenden Umzug nach Berlin.

Alle wurden noch blasser, als sie ohnehin schon waren.

»Das darf doch alles nicht wahr sein«, seufzte Meggy und schlug die Hände über dem Kopf zusammen.

Noch ein Halunke, der nicht die Wahrheit gesagt hatte. Meggy wusste aus alten Gangsterfilmen, dass es bei Banden oft vorkam, dass man sich gegenseitig belog und betrog. Aber das nun in ihrer eigenen Bande feststellen zu müssen, war etwas völlig anderes. Ihre Gefühle fuhren Achterbahn. Einerseits war sie total wütend auf Marius und Alfons. Beide hatten ihr nicht die Wahrheit gesagt und sie an der Nase herumgeführt. Aber auf der anderen Seite konnte sie die beiden auch verstehen. Marius wollte dazugehören und Anerkennung bekommen. Die Heuhaufen-Halunken hatten ihn ja auch nicht besonders freundlich empfangen. Und ohne seine Angebereien hätten sie ihn als Stadtjungen vermutlich nie akzeptiert.

Und Alfons wollte die anderen Halunken nicht enttäuschen. Die Sache mit dem Umzug war wirklich heftig und es würde alles für ihn und die Halunken verändern. Beide hatten sie auf unterschiedliche Weise ihre Gründe gehabt.

Wie dem auch sei – Meggy wusste nun endgültig nicht mehr, wie es weiterging.

Wie ein Häufchen Elend standen die sechs Kinder nun auf der einsamen Wiese und für einen Moment war es mucksmäuschenstill.

Doch dann näherte sich auf der Straße, von der sie gekommen waren, ein schwaches, flackerndes Licht. Es wurde von einem eigenartigen Knirschen begleitet, das immer lauter wurde. An der steilen Stelle der Straße wurde das Licht heller und sauste nun mit einem Affenzahn auf sie zu. Dann erlosch es kurz und ein Schnaufen war zu hören. Kurz darauf konnte man deutlich erkennen, wer für das eigenartige Licht verantwortlich war.

Die Halunken trauten ihren Augen nicht. Vor ihnen stand nun die schweißgebadete Frau Grünow mit einem uralten, verrosteten Fahrrad. In der linken Hand hielt sie ein Handy.

»Ich hab sie gefunden!«, brüllte sie hinein. »Sie stehen auf der Wiese von Bauer Kunze … hinter der scharfen Kurve!«

Meggy staunte. Sie hatte weder gewusst, dass Frau Grünow in ihrem Alter noch Fahrrad fahren konnte, noch dass sie ein Handy besaß.

»Alles klar! Wir kommen!«, hörte man Oma Hertha antworten. Weil Frau Grünow so schlecht hörte, hatte sie das Handy auf die lauteste Stufe gestellt.

Sie ließ das Telefon in ihrer Kittelschürze verschwinden und sah die Kinder verärgert an.

»Das ist also euer Kinoabend«, schnaufte sie und schnappte nach Luft.

Nicht mal zehn Minuten später trafen Meggys Eltern mit Lottes Mutter und Oma Hertha auf der Wiese ein. Dicht gefolgt von Knolles und Alfons' Eltern.

Was die Erwachsenen dort sahen, konnten sie zunächst gar nicht glauben. Ihre Kinder standen blass neben einem Oldtimer, der sich in einem Weidezaun verfangen hatte. Das Auto war bis zum Rand mit Kuscheltieren, Obst, Gemüse und anderem Kram gefüllt. Und daneben stand Frau Grünow, die immer noch völlig außer Puste war.

»Du liebe Güte, Kinder!«, rief Oma Hertha völlig aufgelöst und wäre beinahe in Ohnmacht gefallen.

»Es geht ihnen gut!«, versicherte Frau Grünow.

»Mein kleines Lottchen!«, rief Lottes Mutter aufgelöst und nahm ihre Tochter in die Arme.

»Keine Sorge – bei uns ist noch alles dran!«, versicherte auch Schorsch und fuchtelte wie ein Hampelmann zum Beweis mit Armen und Beinen.

»Meggy – kannst du uns das hier bitte erklären?«, fragte ihre Mutter mit äußerst ernstem Blick.

Die Heuhaufen-Halunken wussten, dass es nun einen riesigen Ärger geben würde.

Doch bevor Meggy etwas sagen konnte, ergriff Marius das Wort.

»Das ist alles meine Schuld«, sagte er mit fester Stimme. »Ich habe das Auto geknackt und habe es in den Zaun gefahren, weil ich nämlich eigentlich gar kein Auto fahren

kann. Und das ganze geklaute Gemüse, das geliehene Zelt und der vorgetäuschte Kinoabend … dafür bin einzig und allein ich verantwortlich! Ach ja – und an diesen … wie heißt er noch mal … Plörrsee wollte ich auch unbedingt!«

Meggy sah in überrascht an. »Red keinen Quatsch!«, fiel sie ihm ins Wort, doch er hörte nicht auf.

»Ihr braucht auf die anderen nicht sauer zu sein. Ich habe sie da mit reingezogen. Ich bin ein Lügner und ein Betrüger!«

Die Erwachsenen sahen sich ratlos an. Das Theater der Sumpflitzer Landfrauen, das sie sich eben noch angeschaut hatten, war nichts im Vergleich zu dem, was ihnen im Mondschein auf dieser einsamen Wiese geboten wurde.

»Ihr wolltet also mit dieser alten Karre in den Urlaub fahren?«, fragte Meggys Mutter ungläubig und zeigte auf den Volvo, der mit seinem platten Reifen und der zerbeulten Stoßstange wie ein armseliger Haufen Schrott aussah.

Die Kinder nickten.

»Ohne uns Erwachsene?«

Die Kinder nickten wieder.

»Und du übernimmst dafür die Verantwortung?«, fragte sie nun Marius.

»Ja, das tue ich!«, antwortete er mit überraschend fester Stimme.

Lottes Mutter war bei Marius' Erzählung fast in Ohnmacht gefallen und sie säuselte immer wieder »Mein Lottchen, mein armes Lottchen …«.

Den anderen Erwachsenen hatte es zunächst komplett die Sprache verschlagen.

Meggys Mutter schlug vor, sich in Ruhe zu beratschlagen, was nun zu tun sei. Die Erwachsenen zogen sich deshalb hinter das Auto zurück und steckten die Köpfe zusammen.

Nach einigem Gemurmel und Getuschel und Minuten, die den Kindern wie eine Ewigkeit vorkamen, tauchten sie wieder vor dem Auto auf.

Marius glaubte, dass nun ein riesiges Donnerwetter über ihn hereinbrechen würde.

Meggys Mutter übernahm wieder das Wort.

»Wir sind alle der Meinung, dass es keine gute Idee von euch war, alleine mit einem Auto in den Urlaub zu fahren«, sagte sie, und die anderen Erwachsenen nickten zustimmend mit den Köpfen.

»Deshalb wird das Ganze hier natürlich noch Konsequenzen haben.«

Die Heuhaufen-Halunken schluckten und Marius wurde es heiß und kalt zugleich.

»Aber da es dieses Jahr in Sumpflitz keine Bratwurst gab, haben wir beschlossen, dass wir jetzt erst einmal zusammen ein Picknick machen sollten. Genug Essen habt ihr ja dabei!«

Die Kinder glaubten nicht, was sie da hörten. Waren die Erwachsenen nun verrückt geworden oder hatte das Theaterstück der Landfrauen für ihre gute Stimmung gesorgt?

»Die spinnen doch, oder?«, flüsterte Schorsch hinter vorgehaltener Hand.

»Mir egal, Hauptsache, es gibt erst mal keinen Ärger«, erwiderte Meggy.

»Ich glaube, sie haben einfach nur Hunger!«, erklärte Knolle verständnisvoll.

Schon machten sich die Erwachsenen am Kofferraum zu schaffen.

Sie kramten sich durch eine Horde Kuscheltiere, Schlafsäcke und das Feuerwehrzelt und holten alles Essbare aus dem Auto.

Schorsch, Knolle, Lotte und die immer noch keuchende Frau Grünow schauten sich das Ganze ratlos an.

Meggy saß auf der Wiese und wusste nicht, was sie von alldem halten sollte. Was war das nur für ein Abend!

»Ich möchte mich bei dir entschuldigen«, sagte Marius mit dünner Stimme und setzte sich neben Meggy. Er hatte rote Wangen und zitterte sogar ein bisschen. Das kleine Abenteuer schien ihn ziemlich mitgenommen zu haben.

»Euch anzulügen war wirklich das Letzte, das weiß ich. Ich war neidisch auf euch. Auch wenn in Dümpelwalde wirklich nicht viel los ist, habt ihr hier Freunde! Ich wohne in einer riesigen Stadt, und seit ich letztes Jahr die Schule gewechselt habe, sehe ich meine alten Freunde so gut wie gar nicht mehr. Und in der neuen Klasse bin ich der totale Außenseiter. Alle denken, dass ich nichts draufhabe! Als ich euch am ersten Tag in der Scheune sitzen sah, wollte ich es besser machen und wenigstens im Urlaub einmal nicht der Loser sein. Und dann habe ich es so richtig vermasselt … das tut mir alles total leid!«

»Mir tut es auch leid!«, sagte Alfons und ließ sich ebenfalls auf die Wiese fallen.

»Ich war ein Ochse. Ich hätte dir von Anfang an erzählen sollen, dass wir umziehen. Ich war einfach zu feige, es zu sagen. Außerdem wollte ich doch unbedingt ein Heuhaufen-Halunke bleiben!«

Meggy sah die beiden lange schweigend an. Ihr Blick verriet, dass sie angestrengt nachdachte. Die frische Landluft hatte ihr Gehirn wieder belebt und sie hatte sich vom ersten Schock erholt. Plötzlich rupfte sie zwei große Büschel Gras aus, grinste schelmisch und pfefferte sie den beiden Jungs ins Gesicht.

»Schon gut, ihr Lügenbarone!«, sagte sie schließlich lachend. »Ich vergebe euch, auch wenn ihr es eigentlich nicht verdient habt! Und natürlich bleibt ihr für immer und ewig Heuhaufen-Halunken! Aber nur, wenn ihr euch nun die Hand gebt und euer Kriegsbeil begrabt!«

Marius sah Alfons an und Alfons sah Marius an. Sie wussten beide, dass sie keine andere Wahl hatten. Meggy war der Boss und das hatte sie an diesem Abend erneut eindrücklich bewiesen. Wenn sie ehrlich waren, hatten sie auch keine Lust mehr auf diesen blöden Dorfkind-Stadtkind-Streit. Und Heuhaufen-Halunken wollten sie auf jeden Fall bleiben. Also gaben sie sich die Hände und sagten wie aus einem Mund: »Friede!«

Schorsch, Knolle und Lotte hatten das Ganze natürlich beobachtet und waren froh, dass die Halunken nun wieder ein Team waren.

Ein paar Minuten später hatten die Erwachsenen ein herrliches Picknick auf der Wiese hergerichtet. Mit frischem Obst und Gemüse, Apfelkuchen, Würstchen aus dem Glas, Toastbrot und jeder Menge Kaugummi aus dem Stöpselautomaten.

»Wo habt ihr eigentlich dieses wunderschöne Geschirr her?«, staunte Meggys Mutter und betrachtete begeistert das Apfelmuster auf den Tassen und Tellern. »Das muss ja uralt sein.«

»Lag bei dem Gerümpel im Kofferraum«, erklärte Schorsch.

Meggys Mutter schaute zu dem alten Volvo rüber und hatte plötzlich eine tolle Idee.

»Da dieses alte Ding ja offensichtlich noch fährt, könnte ich doch ein mobiles Apfelcafé daraus machen. Mit Espressomaschine, einem Kühlschrank für das Apfelgebäck und mit ein paar Klapptischen und Stühlen. Wenn schon keine Kunden zu mir nach Dümpelwalde kommen, dann komme ich eben zu den Kunden!«, lachte sie und alle waren begeistert.

Und so saßen alle ausgelassen bei Mondschein auf der Wiese, ließen sich das späte Picknick schmecken und vergaßen für eine Weile alle Probleme. Und als wäre dieser Abend genau so geplant gewesen, erleuchtete pünktlich um elf Uhr ein herrliches Feuerwerk aus Richtung Sumpflitz den sternenklaren Himmel.

Der Rest der Ferien verlief für die Heuhaufen-Halunken nun ganz anders als geplant. Der Badeurlaub fand natürlich nicht statt und ganz ohne Strafe blieb der Ausflug mit dem Auto auch nicht.

Zu allererst mussten sich die Kinder bei Bauer Kunze entschuldigen und anschließend seinen Zaun instand setzen. Marius, der allem Anschein nach ja ein Talent für technische Dinge hatte, musste Meggys Vater helfen, den alten Volvo zu reparieren. Schorsch und Knolle schrubbten und polierten den stumpfen Lack und Lotte reinigte gemeinsam

mit ihrer Mutter den Innenraum des Wagens. Nach ein paar Tagen sah das Auto richtig klasse aus. Es erinnerte kaum noch an das einstige Bandenquartier der Heuhaufen-Halunken. Und als Meggys Mutter mit ihrer wunderschön-schnörkeligen Schrift »Das rollende Apfelcafé« auf die Türen pinselte, waren sich alle einig: So etwas Cooles hatte man in Dümpelwalde und Umgebung noch nicht gesehen.

Natürlich mussten die Halunken, noch bevor sie überhaupt nur auf die Idee kamen, mal eine Spritztour mit dem Apfelmobil zu unternehmen, hoch und heilig versprechen, die Finger vom Autofahren zu lassen, bis sie achtzehn Jahre alt waren.

Aber davon abgesehen hatte die geplatzte Reise an den Plörrsee doch auch ihre guten Seiten.

Knolle war ohnehin ganz froh gewesen, dass die Reise nicht mehr stattfinden konnte, da er sowieso befürchtet hatte, dass das wenige Essen nicht für alle reichen würde. Und mehrere Tage auf die leckeren Gerichte seiner Mutter zu verzichten, war eigentlich auch nicht denkbar.

Lotte war nach ihrer tatkräftigen Hilfe beim Lebensmittel-Besorgen und dem Öffnen des Scheunentors endgültig zum vollwertigen Heuhaufen-Halunken aufgestiegen. Sie hatte bewiesen, dass man auf sie zählen konnte.

Auch Schorsch war glücklich. Ohne die alten Zeitungen aus dem Kofferraum hätte er vermutlich nie etwas von Kuno Hammerstein erfahren. Der Ortsvorsteher hatte ihm ein paar Tage später das versprochene Foto des Boxers und einen alten Zeitungsartikel vorbeigebracht, in dem stand, dass Kuno den Weltmeisterkampf leider gegen einen Typ namens Benny Armstrong verloren hatte. Während Kuno k.o. auf dem Boden lag, verliebte er sich jedoch in die Schwester von Benny Armstrong, die im Publikum stand und ihn mit hübschen Augen anlächelte. Daraufhin hing Kuno seine Karriere an den Nagel und zog mit Bennys Schwester nach New York. Sie heirateten und gründeten eine Boxschule für Straßenkinder.

Schorsch war zwar enttäuscht, dass Kuno Hammerstein nie Weltmeister wurde. Aber er war unheimlich stolz, dass es jemand aus seinem Dorf so weit gebracht hatte. Er nahm sich zu Ehren Kunos fest vor, der erste Boxweltmeister aus Dümpelwalde zu werden.

Und Alfons und Marius? Es ist kaum zu glauben, aber die beiden wurden tatsächlich Freunde. Alfons hatte es Marius hoch angerechnet, dass er die ganze Schuld an dem Auto-Schlamassel auf sich genommen hatte. So etwas machten nur wahre Freunde – ob sie nun aus der Stadt kamen oder nicht. Es stellte sich außerdem heraus, dass der Besuch von Marius in Dümpelwalde Oma Herthas Idee gewesen war. Sie hatte natürlich gewusst, dass Alfons' Vater nach dem Sommer in der Firma ihres Sohnes anfangen würde. Und da Alfons und Marius sogar die gleiche Klasse besuchen würden, hatte sie alles eingefädelt, damit sich die beiden Jungen schon mal ganz ungezwungen kennenlernen konnten.

Marius war so glücklich, wie lange nicht. Er hatte tatsächlich neue Freunde gefunden. Und einer von ihnen würde ihn sogar nach Berlin begleiten. Das alles hätte er sich nie im Leben erträumen lassen, als er vor einigen

Tagen in Dümpelwalde ankam. Diesem Ort, in dem auf den ersten Blick überhaupt nichts los war.

Und Meggy? Ihre Enttäuschung über den missglückten Plan hatte sich rasch gelegt. Sie war sehr stolz auf ihre Heuhaufen-Halunken und zudem froh, mit Marius noch eine tolle Verstärkung für ihre Bande bekommen zu haben. Dass er sie angelogen hatte, war zwar nicht in Ordnung gewesen, aber er hatte sich selbst nach dem Picknick noch tausend Mal bei ihr entschuldigt. Und was machte es schon, dass er in Berlin noch keine krummen Dinger gedreht hatte? Er hatte in Dümpelwalde ein Auto geknackt, und das zählte ja wohl viel mehr.

Traurig war aber auf jeden Fall, dass Alfons und Marius nach dem Sommer nicht mehr im Dorf wohnen würden. Aber eine Heuhaufen-Halunken-Filiale in Berlin zu haben, fühlte sich auch irgendwie toll an.

Operation Badehose – Abbruch!

Oh Mann, manchmal geht einfach alles schief! Aus dem Urlaub am Plörrsee wurde nichts. Aber obwohl unser Plan komplett in die (Bade)-Hose ging, war die ganze Sache doch auch irgendwie ein Erfolg:

- Marius und Alfons haben sich vertragen und sind sogar Freunde geworden!
- Mama wird ein fahrbares Apfelcafé eröffnen.
- Die Halunken bekommen eine Filiale in Berlin!

Nicht vergessen:

- Niemals Lotte unterschätzen!
- Stadtkinder sind vielleicht doch nicht so doof, wie wir immer dachten.

Zu erledigen:

- Demnächst unbedingt einen neuen Halunkenplan schmieden!

Die Ferien wurden nun noch viel besser, als gedacht. Die Langeweile der ersten Tage hatte sich komplett in Luft aufgelöst.

Meggy, Schorsch, Alfons, Knolle und Lotte zeigten Marius all die Sachen, die man im Sommer nur auf dem Land machen kann: Sie stromerten durch Wiesen und Wälder, stauten Bäche, machten Heuschlachten in der Scheune und dachten kein bisschen daran, dass die Ferien irgendwann mal zu Ende gehen würden.

Und selbst wenn dieser unvergessliche Sommer demnächst vorbei sein würde – spätestens in den nächsten Ferien würden sie alle wieder zusammen Dümpelwalde unsicher machen. Denn schließlich waren sie die Heuhaufen-Halunken!

© privat

Sven Gerhardt, 1977 in Marburg geboren, wäre selbst gerne ein Halunke geworden, hat sich dann aber doch dazu entschlossen, seinen Lebensunterhalt mit ehrlicher Arbeit zu verdienen. Nach einigen Jahren in der Werbebranche, arbeitet er heute als Grafiker und Autor. Ein schön gestaltetes Kinderbuch mit lustigen Illustrationen und einer tollen Geschichte ist für ihn das Größte. Seine Frau und seine drei Kinder – die übrigens nicht die geringste Ähnlichkeit mit den Heuhaufen-Halunken haben – sehen das ebenso.

© privat

Vera Schmidt studierte Kommunikationsdesign in Augsburg und arbeitete anschließend in einer großen Werbeagentur in Frankfurt a. M. Dann folgte sie ihrem Herzen und machte sich 2004 als Illustratorin selbstständig. Sie liebt es, Ideen und Geschichten in Bilder zu verwandeln, Charaktere und neue Welten zu erschaffen und erfreut sich an wunderschönen, schrägen kleinen Dingen und Situationen. Ihre Illustrationen wurden in Kinderbüchern, Schulbüchern, Kalendern, auf Webseiten und vielem mehr veröffentlicht.